PROMISE

Papà single, 3

RJ SCOTT

Traduzione di
CLAUDIA MILANI

Love Lane Books

Promise, Papà single, 3

Copyright ©2020 RJ Scott

Cover design di Meredith Russell

Traduzione di Claudia Milani

Pubblicato da Love Lane Books Ltd

ISBN - 9798673786574

TUTTI I DIRITTI RISERVATI

Questo e-book non potrà essere in alcun modo oggetto di scambio, commercio, prestito, rivendita, acquisto rateale o altrimenti diffuso senza il permesso scritto dell'editore. Qualsiasi distribuzione o fruizione non autorizzata, totale o parziale, online oppure offline, su carta o con qualsiasi altro strumento già esistente o che deve ancora essere inventato, costituisce una violazione dei diritti d'autore e come tale è penalmente perseguibile.

I personaggi e gli avvenimenti descritti in questo libro sono frutto dell'immaginazione dell'autore. Ogni somiglianza con persone reali, vive o morte, è puramente casuale.

Dedica

A Jack, il nostro adorato Labrador nero che a poco più di quattordici anni ha attraversato il tunnel lo scorso settembre (2019). È stato il miglior 'ragazzone' che una famiglia potesse desiderare, e la sua scomparsa ha lasciato un enorme vuoto nella nostra casa e nei nostri cuori.

È stato il cane di nostra figlia mentre cresceva, un amico che l'ha accompagnata attraverso le preoccupazioni e le paure dell'adolescenza, e la foto che lo ritrae insieme a Briony fuori dalla porta del garage rimane la più bella in assoluto. Comprendeva l'autismo in un modo che ci lasciava senza parole ed era infinitamente paziente con Matt. Perdere un compagno come Jack non è mai facile, ma lui ci ha insegnato la pazienza e l'amore. La sua pelliccia era morbidissima e le sue orecchie sembravano velluto. Adoravo toccarle ogni volta che mi posava la testa in grembo.

Sarà per sempre ricordato come 'Cap' nella serie

Papà single ed è stato l'ispirazione per ogni singolo cane che ho descritto nei miei libri.

Grazie, Jack, per l'amore e la fedeltà che ci hai regalato.

Ci manchi.

Al mio editor, cover artist, i beta e i correttori: quel piccolo esercito di persone stupende che mi aiutano a non sembrare idiota.

E, come sempre, alla mia famiglia.

Promise
edizione italiana
RJ SCOTT

Capitolo Uno

Leo

Avrei voluto smettere di pensare a Jason Banks.

Ero nel mio posto preferito quando avevo bisogno di rilassarmi e meditare, ma non riuscivo a togliermi il suo viso dalla testa. La scarpinata fin lassù era stata estenuante, ma neanche quella mi aveva aiutato a liberarmi di quel chiodo fisso. Prima mi sarebbero bastati pochi minuti di corsa leggera, ma siccome avevo una gamba ingessata avevo impiegato più di mezz'ora per risalire il fianco della collina.

Tirai fuori dallo zaino la ciotola e l'acqua di Cap, più una bottiglietta per me, e stirai i muscoli accaldati. Mi facevano male e desiderai potermi liberare del gesso che mi intrappolava la gamba da mezza coscia in giù, così come desiderai riuscire a smettere di preoccuparmi di dove fosse finito Jason e cosa diavolo stesse facendo.

C'era quella scintilla in lui che mi aveva dato

l'impressione che potesse aspirare a qualcosa di meglio che una vita da criminale. Motivo per cui volevo trovarlo, e subito.

"Sei uno stupido," imprecai ad alta voce. Cap era seduto al mio fianco e mi dava dei colpetti con il muso contro la gamba buona, guardandomi in viso. Forse pensava che stessi parlando con lui, così lo grattai dietro le orecchie e cercai di calmarmi.

Da lassù riuscivo a vedere il riflesso della nostra piscina e Gina che faceva yoga nel suo giardino. Il che mi ricordò che dovevo trovare il modo di farla pagare a Eric per la storia dell'insalata di tonno nei giorni non speciali. Avrei dovuto ricordarmene alla prima occasione. Considerato il tempo che passava lontano da casa, principalmente per combattere alcuni dei peggiori incendi che si fossero sviluppati in California dopo quello di Paradise, non sarebbe stato facile vendicarsi, ma io non avevo intenzione di demordere. Né dubitavo mai che sarebbe tornato: pensare positivo aiutava e io preferivo evitare di immaginare il peggio.

Seguii con lo sguardo la strada che si snodava lungo il canyon, poi tornai sulla nostra casa. Sembrava piccola da lassù, ma si riusciva comunque a scorgere l'acqua della piscina e fu su quel luccichio che mi concentrai per qualche secondo, prima di trafficare per sedermi sulla coperta che portavo sempre nello zaino. Con il pensiero rivolto alla mia famiglia e ai miei amici, provai a figurarmi gli incendi che stavano tormentando lo Stato e che tenevano Eric lontano.

Non si scorgeva nulla in lontananza, nessuna traccia di fumo, ma sapevo che a un centinaio di miglia da lì il fuoco stava devastando San Bernardino. Innalzai al cielo una rapida preghiera per il mio miglior amico, sapendo che si trovava proprio laggiù per cercare di fermare il cammino di quel mostro infuriato. Era via da quattro giorni ormai e dubitavo che sarei riuscito a vederlo nelle settimane successive, considerato lo stato di emergenza continuo; ma ciò non toglieva che mi preoccupassi per lui ogni momento di ogni giorno, soprattutto ora che non avevo più il lavoro a distrarmi.

Cap si sdraiò al mio fianco con il muso appoggiato sulle zampe, il respiro leggero. Conosceva bene la routine di quelle passeggiate: corsa, anche se al momento per me si trattava più che altro di una scomoda arrampicata con le stampelle, acqua e riposo. E preghiera.

Mormorai sottovoce le parole che mi accompagnavano dall'infanzia e mi aiutavano a mettere ordine nei miei pensieri.

Quel giorno ero lì perché avevo paura per Eric e volevo chiedere a Dio di vegliare su di lui, ma non era solo quello. Altre cose mi rodevano dentro.

Per la prima volta dopo anni non avevo nessuno con cui parlare quando tornavo a casa. In quel momento Eric era lontano per lavoro, ma in ogni caso passava sempre più tempo da Brady, soprattutto da quando si erano fidanzati poche settimane prima. Sean, invece, stava facendo dei turni lunghissimi, e comunque c'erano Ash e Mia nella sua vita. Ci incontravamo ancora qualche volta, quando più ne avevamo bisogno, ma quel mese, per esempio, non ci eravamo mai visti. Poi mi ero rotto la gamba e probabilmente nessuno dei due immaginava che potessi aver bisogno di loro.

Avrei potuto raccontare a Dio degli incubi che ancora mi straziavano di notte, e in genere lo facevo, ma non quel giorno. Quella mattina l'acido che mi corrodeva passava in secondo piano rispetto al pericolo che Eric sfidava combattendo in prima fila contro il fuoco. Inoltre, ero abituato a tacere il dolore che mi portavo dentro. Ero certo che Dio potesse leggere ogni anima, ma perché avrebbe dovuto osservare da vicino proprio la mia non avrei saputo dirlo. Non ero niente di speciale, solo un ragazzo la cui vita era cominciata nel peggiore dei modi e a cui era stata data una meravigliosa seconda possibilità, ma che nonostante tutto non riusciva a dimenticare i suoi inizi.

Ed ecco che il viso di Jason fece di nuovo capolino nei miei pensieri. Il detenuto che qualche mese prima aveva salvato la vita a Eric era uscito di prigione e poi sparito nel nulla, e io quella cosa facevo fatica a concepirla.

"Dove sei andato?" chiesi rivolto al cielo, senza tuttavia ottenere risposta.

Cap rotolò sulla schiena disturbando i miei pensieri, la lingua che penzolava fuori dalla bocca. Il sole si era alzato nel cielo e l'ombra degli alberi si stava ritirando.

Il mio cane sapeva che era ora di andare, e lo sapevo anche io. Così, nonostante il monologo con Dio non mi avesse aiutato a placare il turbinio nella mia testa, mi alzai in piedi, restando goffamente in equilibrio su una stampella e la gamba buona. Rimisi la scodella, l'acqua e la coperta dentro allo zaino, poi mi fermai un attimo in contemplazione. Lo spettacolo di La Jolla ai miei piedi, l'affetto della mia famiglia e dei miei amici... ero grato per ognuna di quelle cose, e decisi di concludere in quel modo la mia preghiera.

"Ti prego, proteggi tutti i miei cari," sussurrai. "Amen."

Ancora qualche secondo e mi avviai giù per la collina, Cap che correva davanti e intorno a me, sparendo da qualche parte e poi tornando con un bastone così grande tra le mascelle da sbilanciarlo. Dopo essere riuscito, grazie al Cielo, a non cadere, lo convinsi a scambiarlo con il suo adorato frisbee. Aspettai che tornasse la calma e lo lanciai, lasciando che Cap gli corresse dietro abbaiando di gioia.

A quanto pareva anche rispondere alle telefonate dei miei familiari durante la passeggiata mattutina era diventata una routine. Perché mi chiamassero proprio in quei momenti non avrei saputo dirlo, ma avevo il sospetto che mi avessero impiantato un GPS da qualche parte e non appena mettevo il guinzaglio a Cap e mi avviavo su per la collina loro digitavano il mio numero. Era più facile ignorarli, quando correvo lungo il sentiero che io avevo creato, ma in quelle settimane camminavo con le stampelle e non avevo scuse per non rispondere.

"Che c'è?" abbaiai, con affetto, nel cellulare. In realtà parlare con loro mi faceva piacere e fingevo solo di essere scocciato. Era un'altra di quelle cose strane tra fratelli.

"È questo il modo di rispondere al telefono, Turt?"
"'Fanculo, Pot."

Il mio fratellino fece una risatina. Cambiare il mio

nome allungandolo da Leo a Leonardo, e poi associarlo alle Ninja Turtles era stato il suo modo di integrarsi quando i nostri genitori lo avevano preso con noi.

Sfortunatamente, il soprannome era rimasto, nonostante fossimo cresciuti e Reid fosse diventato un poliziotto come me, con in più una moglie e due figli. Pot era l'abbreviazione di Reid-hop appotamus, Turt di Turtle. E basta, tutto lì. Eravamo diventati Turt e Pot, un modo affettuoso di rivolgerci l'uno all'altro che mi piaceva da matti. Solo che non glielo avrei mai detto perché il bastardo se ne sarebbe approfittato. I quattro fratelli Byrne erano fieri dei loro soprannomi – Pot, Turtle, Jax-man e Loner – e il fatto che li usassero spesso divertiva molto chi li ascoltava.

"Come va la gamba? È ancora rotta?" scherzò lui, ridendo della sua stessa battuta.

"Sono passate due settimane, quindi sì, è ancora rotta, grazie per l'interessamento." Mi ero fatto male perché un sospettato aveva deciso di arrampicarsi su un tetto per sfuggire a quell'idiota del mio partner e io avevo dovuto seguirlo, finendo con il cadere. Una frattura a metà tibia mi aveva regalato una bella ingessatura dalla coscia in giù, che tra l'altro prudeva da morire. Ero stato costretto a usare tutto il congedo per malattia e non mi facevano tornare neanche per il lavoro d'ufficio. Maledetti.

"Ahia," esclamò Reid fingendosi preoccupato. Era mio fratello e sapevo che l'interesse per la mia salute era reale, ma percepivo anche che il motivo di quella chiamata era un altro.

"Ho pensato di informarti che ho intenzione di imbiancare la casa di mamma."

"Bene, e quindi?"

"Lei vuole che venga fatto e a me serve lasciarle i ragazzi per tutto un weekend tra qualche settimana."

"Li prenderebbe lo stesso."

"Lo so, ma vorrei tenermela buona e ho pensato di avvisarti nel caso Jax ti dicesse qualcosa."

Feci una risatina. Mamma avrebbe fiutato la ragione di tanto zelo, e in ogni caso perché Jax avrebbe dovuto parlarne con me? "Aspetta, non avevamo deciso che le tinteggiature dalla mamma fossero appannaggio di Jax?"

Reid rise. "È impegnato, ma con cosa non saprei dirtelo."

"Forse a rendere la sua ditta di restauri ancora più affermata di quello che è," scherzai.

"In ogni caso, è uno stronzo."

"Sei solo arrabbiato perché lo scorso weekend i Toronto hanno battuto i Clippers."

Jax e Reid tifavano per squadre avversarie nel campionato di basket e io cercavo di non farmi coinvolgere nelle loro diatribe, anche perché preferivo l'hockey.

"Chi diavolo tifa per una squadra canadese, quando ne abbiamo una più che buona dalle nostre parti?"

"Forse qualcuno che viene dal Canada?" gli ricordai per quella che doveva essere la milionesima volta.

"Vabbè. Ci sentiamo presto."

"Ciao."

Arrivai a casa maledicendo la mia gamba e la vita in generale, e subito riempii d'acqua la scodella di Cap, il quale si stese immediatamente all'ombra sotto l'aria condizionata, poi andai a farmi la doccia: una specie di tortura con la pellicola per proteggere il gesso e la difficoltà di restare in equilibrio sul bagnato.

Sean mi aveva detto di prenderla con calma, ma non era nel mio carattere starmene seduto in disparte a far niente, così dopo la doccia pensai a come impegnare il tempo. Curare il giardino? Cominciare a comprare i regali di Natale, visto che ormai eravamo sempre più vicini? Fino a quel momento avevo trascorso le mie giornate a cercare Jason, pensando a cosa stesse facendo e come potessi aiutarlo, ricordando il bacio che ci eravamo scambiati e come io lo avessi respinto.

Non riuscivo a togliermelo dalla testa perché avevo troppo tempo libero.

Dopo aver messo a fare il caffè, fissai fuori dalla finestra, seguendo con lo sguardo il sentiero pavimentato che portava alla villetta accanto, dove Sean si era trasferito dopo aver sposato Asher.

Avrei voluto scuotere via la sensazione di scontento che sentivo pesarmi addosso, mentre me ne stavo tutto solo nella cucina di quella grande casa. Mi sarebbe piaciuto bussare alla porta dei miei amici e portare Mia al parco. Mi aiutava sempre quando mi sentivo solo, ma sapevo che lei, Sean e Asher non sarebbero tornati prima di un paio d'ore: avevano un incontro a Los Angeles per le pratiche di un'adozione a cui erano interessati. Sarebbero stati dei genitori fantastici per un bambino, o anche più di uno, in difficoltà. Io avevo già fatto la mia parte scrivendo una lettera di presentazione nella quale affermavo che erano persone meravigliose, e ora non mi restava che farmi da parte e aspettare che concludessero il processo.

Ma ero un uomo d'azione sempre impegnato a organizzare questo e quello, e stare con le mani in mano ad aspettare che l'adozione andasse a buon fine mi stava uccidendo. Senza contare che l'altro mio migliore amico si trovava in prima linea a combattere contro una serie di incendi a malapena sotto controllo.

Un colibrì passò davanti alla finestra, strappandomi un sospiro mentre lo guardavo librarsi sopra un cespuglio, muovendosi a scatti prima di sfrecciare verso la casa accanto. Lo seguii con lo sguardo e sorrisi; c'era qualcosa in quegli uccellini che affascinava me e faceva infuriare Cap. Doveva ancora prenderne uno e dubitavo che ci sarebbe mai riuscito: erano troppo veloci, troppo scaltri e lui troppo stupido per rendersi conto che non bastava nascondersi dietro un cespuglio basso per non essere visto.

Un lampo di colore rosso nei pressi del portico di Ash attirò la mia attenzione, così mi sporsi goffamente sopra al lavandino per vedere meglio. Scorsi del movimento, qualcuno in piedi davanti alla porta: per un attimo pensai che fosse Ash e mi sentii meglio. Erano tornati! Sarei potuto andare a trovarli e illuminare la mia giornata tristemente solitaria con un abbraccio di Mia. Anche se per colpa di quello stronzo di Eric mi chiamava ancora Fido.

La figura si mosse e mi bastò quello per rendermi conto che non si trattava dei miei amici, di Mia o di qualcuno che conoscessi. Forse un vicino? Ero così disperato che pur di scambiare due parole sarei stato pronto a rischiare l'assalto della cucinatrice di tonno folle, nonché cougar-vampiro Gina? Cristo, sì! Si trattava pur sempre di un contatto umano, di qualcuno che avrebbe potuto essere interessato a passare del tempo in mia compagnia.

"Ti va di uscire di nuovo?" chiesi a Cap, che andò immediatamente alla porta e cominciò ad annusare il guinzaglio. Se avesse potuto, avrebbe passato le giornate a passeggio. Gli agganciai il moschettone al collare, presi le chiavi, la stampella e infilai la porta, lo sguardo puntato sulla casa di Ash e Sean.

C'era un uomo nel vialetto. Aveva le spalle larghe e indossava un paio di jeans e una maglietta rossa. Dal portamento intuii che reggeva qualcosa di pesante.

"Posso aiutarla?" chiesi. Si voltò e lo riconobbi all'istante. Era la persona su cui mi arrovellavo da settimane e che avevo fatto di tutto per trovare: Jason Banks. Accidenti a lui.

"Jason?"

Mi stava davanti con una bambina in braccio. Aveva la barba lunga, macchiata di sangue a causa di un labbro spaccato, l'occhio sinistro gonfio e la maglietta strappata. Era immobile e mi fissava con gli occhi spalancati, forse temendo che lo avrei arrestato. Cristo, sembrava allo stremo e disperato. Avevo visto quello sguardo troppe volte per non essere capace di riconoscerlo.

"Jason?" ripetei, quando mi accorsi che non mi aveva risposto.

Lui sembrò riscuotersi all'improvviso e mi osservò con cautela. L'esperienza accumulata in anni di lavoro mi suggerì di stare fermo: non era la prima volta che mi trovavo davanti quell'espressione che era un misto di paura e sorpresa. Era nervoso, stringeva a sé la bimba e sembrava pronto a scappare.

"Aiutaci, ti prego."

Capitolo Due

Jason

Le parole mi uscirono di bocca spezzate e sconnesse. *Aiutaci, ti prego.* "Ho bisogno di Eric."

"Eric non c'è..."

"Ho bussato alla porta dell'indirizzo che mi ha dato," dissi concitato, abbassando poi la voce quando Daisy emise un mugolio. "Non ha risposto nessuno."

Leo alzò la mano in un gesto che forse voleva suggerirmi di restare calmo. "Sì, è anche casa mia. Ero fuori, ma..."

"Non hanno risposto così sono venuto qui perché so che ci abitano dei suoi amici e..."

"...Eric non vive più qui," concluse Leo.

"Dov'è andato?" Arretrai di un passo e lui avanzò, finché non sentii dietro alle spalle un grosso arbusto di larrea. Non ero in trappola, ma il panico cominciò a farmi battere il cuore con la stessa frenesia delle ali del colibrì che svolazzava tra i rami. Leo era l'ultima persona che avrei voluto incontrare.

"Stai bene? Posso fare qualcosa per te?"

"No." Appoggiai il peso sulla gamba sinistra per ruotare su me stesso e andare via ma inciampai, e quando lui allungò il braccio per sostenermi lo respinsi con rabbia.

"Chiamo il 911," annunciò allora Leo prendendo il telefono dalla tasca. Non gli diedi neppure il tempo di sbloccarlo prima di farglielo cadere di mano.

"No! Niente polizia!"

Lui mi fissò e io ricambiai il suo sguardo con tutta la determinazione possibile, anche se mi rendevo conto di quanto dovessi sembrare equivoco: ero un ex-detenuto coperto di graffi e lividi e tenevo in braccio una bambina.

"Voglio il papà," mormorò Daisy come se si fosse appena svegliata da un sogno senza esserne ancora completamente fuori. Poi dovette ricordarsi di quello che era successo e cominciò a singhiozzare.

"Va bene, niente 911," disse Leo mentre si chinava per raccogliere il cellulare. Non feci nulla per impedirglielo: dovevo fidarmi, perché non mi restava nessun altro a cui rivolgermi. "Però mi piacerebbe sapere perché non vuoi che li chiami," proseguì mentre se lo rimetteva in tasca.

"Non posso."

"C'è per caso un mandato su di te, Jason? Dove sei stato? E chi è la bambina? Qualcuno la sta cercando? I suoi genitori, magari?"

"No, certo che no. Sono... io... no."

"Chi è?" ripeté, sparando le domande a raffica. "Dov'è sua madre?"

Il dolore mi sommerse e chiusi un attimo gli occhi. "Sono suo padre," dissi. "È mia figlia. Sua madre è…" Posai un bacio sulla testolina di Daisy e abbassai la voce, "all'ospedale e io ho bisogno di qualcuno che…" *Mi aiuti.*

"Allora chiamiamo qualcuno," insisté Leo. Se era deciso a farlo, non avrei potuto impedirglielo, ma scossi la testa e strinsi Daisy a me.

"No, ti prego." Avevo la mia parte in tutta quella storia, ma ora c'era Daisy a cui pensare. Con la madre in ospedale, ero la sua unica famiglia e dovevo fare in modo che fosse al sicuro.

Eric aveva detto che mi avrebbe aiutato. L'uomo con cui stava aveva dei figli e avrei voluto chiedergli di prendere anche la mia bambina e darle una casa fino a quando non fossi riuscito a mettere a posto le cose.

Ma Eric non c'era e io non sapevo più cosa fare.

"È ferita?" chiese Leo.

"No, 'fan… sta bene. È solo stanca credo, e io…" Le parole si spensero piano e io tossii. La gola mi faceva male e davvero non sapevo come riuscissi a reggermi ancora sulle gambe. Scappavo da due giorni, senza dormire, senza soldi, l'adrenalina l'unica cosa a sostenermi.

"È terrorizzata." Leo guardava Daisy, che piangeva piano contro la mia spalla, stremata e sopraffatta da tutto quello che era successo. Era rimasta sveglia finché aveva potuto, aggrappandosi alla mia mano, ma poi aveva ceduto e aveva dormito per tutta l'ultima ora e mezza. Non volevo vederla piangere, volevo che ridesse e avesse una vita felice e appagante.

"Lo so che sta piangendo, ma non posso... non..."

Leo mi fissava con la preoccupazione nello sguardo, poi strinse la presa sul guinzaglio mentre il suo cane tirava in direzione del colibrì nel cespuglio. Il cielo era limpido, la giornata calda ed eravamo circondati dal ronzio degli insetti e dal cinguettio degli uccelli. Il tempo sembrò fermarsi mentre ci studiavamo a vicenda, i suoi occhi che lasciavano trapelare chiaramente la sua mancanza di fiducia.

"Stai sanguinando, Jason," disse infine. "Che ti è successo?"

"Daisy sta bene." Non riuscivo a togliermi dalla testa la necessità di convincerlo che mia figlia fosse a posto, e poi forse avrebbe smesso di guardarmi come se fossi un assassino.

"Ti credo." Aveva risposto con quel tono che in genere i poliziotti usano quando vogliono calmare qualcuno. "Però sanguini. Lascia che porti Cap in casa e poi vi accompagno entrambi al pronto soccorso."

Mi grattai il collo. Le unghie ne uscirono viola perché c'era un taglio che non voleva saperne di chiudersi. A un certo punto il prurito mi aveva fatto diventare matto, ma ormai sanguinava e basta. Osservai per un secondo la mano sporca di sangue, poi la pulii sui jeans. Doveva esserci qualcosa che non andava nella mia testa: non sentivo più il dolore, solo l'ansia che mi scorreva nelle vene come acido.

"Ho bisogno di vedere Eric," ripetei. Lui mi avrebbe aiutato, lo aveva promesso.

"Ci sono solo io, però," commentò Leo.

Fantastico. Cercavo l'uomo a cui avevo salvato la vita, che diceva di essere in debito con me e che avrebbe fatto di tutto per aiutarmi una volta che fossi uscito di prigione, e cosa avevo invece? Un poliziotto che mi stava troppo vicino e che voleva portarmi al pronto soccorso. La mia solita fortuna!

"Devo andare," dissi tutto d'un fiato, allontanandomi di un passo.

"Aspetta. Possiamo chiamarlo, se è questo che desideri."

"No, sono a posto. Stiamo bene."

"Hai chiesto aiuto e io posso aiutarti. Eric è il mio migliore amico. Vorrebbe che ti aiutassi. Jason, ti prego?" Mi fermai e aspettai che continuasse. "Puoi fidarti di me."

La mia fiducia era agli sgoccioli. Mi ero fidato di Rainbow, quando aveva detto che si sarebbe presa cura di nostra figlia e non sarebbe ricaduta nella droga; mi ero fidato dei Federali, ma Billy ci aveva trovato lo stesso. Non sapevo più di chi fidarmi e Billy aveva detto che mi avrebbe rintracciato sempre e, a meno che non gli dessi i soldi, sarebbe stata Daisy a pagarne le conseguenze.

Quindi, no, non ero pronto a fidarmi del poliziotto che mi aveva baciato e un attimo dopo mi aveva detto che non avrebbe dovuto farlo. 'Fanculo a lui e al suo cavallo bianco da principe azzurro.

Avrei voluto fare come Daisy e mettermi a piangere tanto ero esausto. "Ho solo bisogno che Daisy…" *possa dormire da qualche parte, al sicuro e insieme a una famiglia affettuosa capace di assicurarle un futuro.* Non dissi niente di tutto ciò. Leo continuava a fissarmi e il silenzio si fece ancora più pesante e difficile.

"Cosa serve a Daisy?" chiese lui, avvicinandosi.

Strinsi a me mia figlia, che aveva smesso di piangere e ora singhiozzava contro la mia spalla. "Devo andare. Stiamo bene."

"Entrate solo qualche minuto. Potrai darti una ripulita, curarti le ferite e mangiare e bere qualcosa."

Il pensiero dell'acqua, di un po' di cibo, di qualcosa che impedisse al mio collo di continuare a sanguinare e anche la possibilità di un po' di riposo mi sembrarono il Paradiso, e per un attimo l'istinto di non fidarmi fu messo a tacere dalle altre necessità.

Eric non c'era, era vero, ma Leo aveva ragione: era il suo migliore amico ed era rimasto al mio fianco in ospedale, tenendomi la mano nei momenti di maggiore sofferenza e dicendomi che era mio debitore tanto quanto lo era Eric. All'epoca, nei giorni immediatamente successivi all'incendio, non avrei mai voluto che andasse via. C'era qualcosa tra noi, un'attrazione che trascendeva il fatto che lui fosse un poliziotto e io spazzatura. Chiedergli di restare, però, era stato impossibile e qualche volta avevo fatto finta di dormire pur di non soccombere alle fantasie che mi turbinavano nella testa.

Alla cerimonia durante la quale mi avevano insignito di una medaglia al valore, mi aveva seguito in bagno e aveva detto che avrebbe fatto di tutto per farmi uscire di prigione il più presto possibile. Avevamo litigato e lui mi aveva urlato a pochi centimetri dalla faccia, ribadendo che avrebbe potuto mettere le cose a posto. Per un attimo avrei voluto accettare la sua offerta, ma avevo dovuto rifiutare, e lui per farmi smettere di parlare mi aveva baciato. Ma quando si era staccato avevo letto il disgusto nei suoi occhi; non nei miei confronti però, perché anzi, si era fatto avanti per un altro bacio, che io avevo ricambiato.

Era disgustato da se stesso per essersi abbassato al mio livello, per aver desiderato un delinquente. E la conferma della mia intuizione era arrivata quando lo avevo visto scuotere la testa. *Cosa sto facendo?* Le parole erano risuonate nel silenzio della stanza vuota, poi era uscito senza aggiungere altro.

In ogni caso, non gli avrei permesso di interferire.

"Niente ospedale." Mi sentivo la lingua impastata dalla stanchezza e dal dolore, ma era necessario che alzassi quell'ulteriore muro. Un muro che doveva promettere di non superare. Leo era pericoloso sia per la mia sicurezza, sia per quella di Daisy, e avevo bisogno che mi giurasse di rispettare i miei desideri.

"Niente ospedale," acconsentì alla fine, poi mi aiutò a raggiungere quella che era stata la casa di Eric.

Capitolo Tre

Leo

Le mie due anime di essere umano e poliziotto erano in aperto conflitto.

Niente ospedale? Perché diavolo ho accettato questa richiesta assurda?

Nella mia testa si rincorrevano tutta una serie di scenari possibili, dal rapimento di minore, alle rapine, alla droga, al traffico d'armi e chi più ne ha più ne metta. Provavo compassione verso un uomo che durante la sua reclusione mi aveva dato l'impressione di essere dalla parte dei buoni, e che ora si trovava davanti a casa mia dopo essere stato chiaramente vittima di un pestaggio. Si trattava di una battaglia per la custodia? Lo avevo già visto accadere in passato: bambini usati come pedine degli scacchi, l'oggetto del contendere di faide sanguinarie tra ex-coniugi, oppure semplicemente rapiti. Bambini terrorizzati all'idea di perdere uno dei due genitori e di non rivedere mai più il papà o la mamma.

Però dorme sulla sua spalla.

Vedevo il modo gentile con cui Jason la stringeva a sé, anche se nel suo sguardo c'era ancora una traccia di senso di colpa e panico. Il ricordo del dolore e della paura che mi avevano accompagnato per tanti anni riaffiorò con prepotenza, e dovetti trattenermi per non strappargli la bambina dalle braccia e proteggerla. Dovevo trovare un modo per entrare in sintonia con lui e riuscire a calmarlo, ma fino a quel momento stavo facendo un pessimo lavoro. *Dimenticati che si tratta di Jason e concentrati su quello che sai fare meglio. È stato diramato un allarme per la scomparsa della bambina?* Che aveva fatto? Da cosa stava scappando? Perché aveva bisogno dell'aiuto di Eric?

Jason era sempre rimasto nei miei pensieri non solo per il suo caso ma soprattutto perché, nonostante cercassi in tutti i modi di negarlo, mi sentivo attratto da lui. Quando ci eravamo conosciuti all'ospedale, aveva sempre avuto un atteggiamento controllato e poi, alla cerimonia di premiazione, mi era sembrato cauto ma tranquillo, sicuro di sé e positivo. Era stata quella speranza che leggevo nei suoi occhi ad attrarmi, ed era stato quello a spingermi a baciarlo nel bagno della caserma dei pompieri. Si era trattato di una specie di promessa: un giorno lo avrei trovato e insieme avremmo potuto esplorare quel brivido che correva tra noi, quella strana attrazione poliziotto-detenuto.

Il ricordo di quell'incontro non mi aveva mai abbandonato e il magnetismo che quell'uomo, un carcerato, esercitava su di me non smetteva di inquietarmi; ma il bacio in sé era stato esplosivo e gentile, e in quel momento lo avevo desiderato come nient'altro mai. Cristo, avevo infranto un milione di regole quel giorno, e gli avrei promesso il mondo intero solo per vederlo sorridere, poi ci eravamo baciati.

Maledetta attrazione!

Ero certo che Eric avrebbe mosso mari e monti per aiutare il ragazzo, quindi avrei dovuto farlo anch'io. Jason gli aveva salvato la vita a rischio della propria, e noi tutti nutrivamo un enorme debito di riconoscenza nei suoi confronti. Personalmente, mi aveva fatto una buona impressione non tanto per il suo gesto eroico, ma perché sembrava un ragazzo serio e motivato. Non mi ero limitato a stringergli la mano, ma mi ero spinto oltre, dicendogli che avrebbe potuto contare su di me per qualsiasi cosa, poi c'era stato *il* bacio.

Un leggero sfiorarsi di labbra, ma il suo sapore mi aveva dato alla testa, e non ero stato capace di accontentarmi, nonostante i nostri ruoli opposti. *Non avrei dovuto farlo.* Quelle parole mi tormentavano ancora, soprattutto dopo che l'espressione dolce, quasi speranzosa, sul viso di Jason era stata sostituita da una durezza che mi aveva quasi spaventato.

"Va bene," mormorò.

Sbattei le palpebre: per un attimo mi ero perso nei ricordi. Sì, ecco, aveva accettato di seguirmi dentro casa. Ma le domande restavano. Perché stava sanguinando? Che diavolo stava succedendo? Aveva detto che nessuno cercava Daisy, ma non c'erano certezze in quella situazione e il mio istinto di poliziotto mi suggeriva a gran voce di seguire i protocolli.

Jason ha salvato Eric si scontrava con *rispetta la legge.*

Avrei voluto non aver assistito agli abissi di perversione in cui certe persone riuscivano a cadere, e non aver dovuto salvare bambini da orrori inimmaginabili, così magari non avrei sentito quel macigno di paura pesarmi sul cuore.

"Ti do qualcosa da bere, chiamiamo Eric e vediamo cosa dice. Okay?"

E visto che c'ero, avrei telefonato in Centrale per controllare che non fosse ricercato o che ci fossero avvisi di emergenza per la sparizione di minori; poi avrei chiamato i Servizi sociali per Daisy e riportato quella situazione assurda entro i confini della legge.

Aprii la porta e lo feci entrare, seguito da un riluttante Cap, per niente contento che gli avessi negato la passeggiata promessa. "Vieni." Jason all'inizio sembrò indeciso, poi oltrepassò la soglia.

E comunque, come c'era arrivato fin lì? Con l'autobus? In taxi? Ed era davvero il padre di Daisy? Non ricordavo di aver letto che avesse dei figli nel suo fascicolo, né da nessun'altra parte. E sì che avevo scavato a fondo e stavo proprio aspettando gli ultimi rapporti riguardanti la società alla quale aveva sottratto i fondi.

Si fermò a inizio ingresso e aveva uno sguardo così combattuto da farmi morire in gola qualsiasi cosa avessi voluto dire, così rimasi in silenzio.

Alla fine, tuttavia, dovette decidersi perché si chiuse la porta alle spalle e mi seguì.

"Non abbiamo nessun altro posto dove andare," disse pianissimo, senza avere il coraggio di guardarmi negli occhi. "Mi dispiace di essere qui, e se non fosse stato per Daisy non sarei venuto."

Per qualche ragione, quelle parole appena sussurrate spezzarono il mio ostinato cuore di poliziotto.

"Jason?" Sollevò lo sguardo e quando fui sicuro di avere la sua attenzione, continuai. "Dimmi di Daisy."

Lui affondò il naso nei capelli biondi della bambina.

"Deve stare in un posto dove sia al sicuro."

La bambina si mosse inquieta tra le sue braccia e io mi avvicinai con cautela per poterle toccare la fronte. Non era calda, non più di quanto lo fosse un bambino addormentato sulla spalla di un adulto in una calda giornata di novembre. Non potevo dirmi un esperto, ma non mi sembrava che avesse la febbre. Jason la stringeva a sé con infinita tenerezza, cullandola con tutto l'amore possibile.

Riconobbi in lui lo stesso guizzo di vitalità, lo stesso bisogno disperato di fare la cosa giusta che avevo già visto alla cerimonia e che mi avevano spinto a baciarlo.

Ed era anche la ragione per la quale non ero riuscito a togliermelo dalla testa.

Era uscito di prigione tre mesi prima e da allora non si era più fatto sentire, nonostante Eric avesse fatto di tutto per restare in contatto con lui, arrivando persino a coinvolgermi nel tentativo di rintracciarlo. Ci avevo provato, ma il ragazzo era semplicemente svanito nel nulla, saltando anche gli incontri obbligatori post-scarcerazione, cosa per la quale sarebbe finito nei guai se qualcuno avesse deciso di intervenire. Il suo nome, tuttavia, non risultava da nessuna parte e io non capivo perché non fosse stato richiesto l'intervento della polizia visto che aveva fatto perdere completamente le sue tracce. Non era in forma come lo era stato alla cerimonia, determinato e luminoso e con un paio di labbra che supplicavano di essere baciate. No, era abbattuto e male in arnese, forse messo addirittura peggio che in ospedale dopo l'incendio, quando ero andato a ringraziarlo per aver salvato Eric.

All'epoca era ustionato e coperto di bende, imbottito di antidolorifici e con una tosse che ti spingeva a chiederti se non avrebbe sputato un polmone da un momento all'altro. Gli ero stato immensamente grato per quello che aveva fatto ed ero andato a trovarlo ogni giorno. Qualche volta dormiva, allora lo guardavo dalla porta; altre volte era sveglio e avevamo parlato, ma mai grandi conversazioni. Il mio stupido cuore si era in qualche modo legato a lui e mi ero offerto di aiutarlo.

Ancora non capisco perché.

Mi riscossi e osservai i lividi e i tagli che aveva sul collo. Sembrava che qualcuno avesse cercato di strangolarlo e, sì, potevo anche sentirlo vicino e provare compassione per lui, ma c'era decisamente qualcosa di sbagliato in tutta quella faccenda.

Capitolo Quattro

Jason

Notai il modo in cui Leo mi guardava, prima con orrore e poi con un'attenzione tagliente come un laser. Con indosso jeans e maglietta e con i capelli in disordine, non assomigliava a uno sbirro né a una qualsiasi altra figura autoritaria, ma i suoi occhi verdi erano fissi su di me. Era in modalità poliziotto.

"Ti ho cercato," disse.

"Perché?"

"Volevo aiutarti dopo che… lo sai, nel bagno…"

"Quando mi hai baciato e poi mandato a quel paese?" Sentii nascere in me un moto di rabbia ma lo soffocai subito, odiavo che quel ricordo si fosse di nuovo affacciato alla mia mente. Mi serviva aiuto per Daisy, non un promemoria del suo disgusto.

"Perché non mi racconti cosa è successo?" Parlava con un tono sicuro ma incoraggiante che mi mise immediatamente in allarme.

"Non posso," balbettai, poi mi irrigidii.

Aveva allungato le braccia verso di me. "Lascia che prenda Daisy."

No, cazzo! No. Non permetterò a nessun altro di toccarla.

"No."

"Jason, dobbiamo curare le tue ferite. Stai sanguinando."

Sapevo che non avrei dovuto accettare di seguirlo in casa, ma non avevo avuto scelta. Billy non avrebbe avuto modo di sapere che mi ero rivolto a Eric. Almeno non subito, non finché non avesse fatto due più due e preso in considerazione la possibilità che sarei andato dall'uomo a cui avevo salvato la vita. Fino a quel momento nessuno avrebbe dovuto sapere dove mi trovavo.

Non può prendere Daisy; è figlia mia.

I Federali avevano detto che sarebbe stata questione di poche settimane e poi io e Daisy avremmo potuto ricominciare lontano da lì, in un posto dove avrebbe potuto crescere al sicuro. Avevano già imbastito il caso contro Silas e dovevano soltanto trovare Billy prima che lui trovasse me.

"Sta bene." Imitai il tono di Leo e cercai di interpretare le sue micro-espressioni. Non stava cercando di riprendere il telefono, non sembrava armato e dopo quell'unico passo in avanti non aveva cercato di avvicinarsi. Ma c'era l'ombra del dubbio nei suoi occhi verdi ed era chiaramente combattuto, come se avesse centinaia di domande che gli frullavano in testa: forse l'istinto del poliziotto era più forte della fiducia. Non potevo dirgli niente, avevo promesso di tenere la bocca chiusa, proprio come era successo quattro anni addietro. Avrei fatto di tutto pur di non perdere Daisy.

Non rinuncerò mai a lei.

Alla fine, dopo un lungo confronto di sguardi, Leo afflosciò le spalle e sembrò rilassarsi. Aveva deciso di non litigare, quello era palese.

"Che ne dite se vi porto qualcosa da bere?"

Mi trovavo in una casa normalissima, con un ingresso ampio e niente che potesse fare del male a Daisy. Rabbrividii sotto il getto dell'aria condizionata e l'idea di qualcosa da bere non mi dispiacque affatto. Leo zoppicò verso la cucina; sapevo che avrei dovuto chiedergli cosa si fosse fatto alla gamba, ma mi limitai ad andargli dietro.

"Siediti," ordinò con un tono al quale immaginai nessuno osasse opporsi. Gli sgabelli vicino al bancone erano alti e mi chiesi come avrei fatto a salirci con Daisy ancora in braccio. Mi sentivo la testa piena di cotone, avevo male alle tempie e la vista sfocata. Avevo colpito il pavimento con forza dopo l'ultimo pugno e sapevo di non essere a posto. Forse avevo una commozione cerebrale, anche se ci vedevo e non mi sentivo la nausea.

Qualcosa nella mia esitazione dovette far cambiare idea a Leo. "In effetti, forse è meglio se vai sul divano e fai stendere Daisy. Io arrivo subito con i bicchieri."

Avevo visto il suo telefono quando lo aveva tirato fuori dalla tasca e temevo che, non appena gli avessi dato le spalle, lui avrebbe chiamato qualcuno. "Ci andiamo insieme," lo sfidai, cercando di mostrarmi quanto più imponente possibile.

Sembrò confuso dalla mia reazione, ma dopo un

attimo di esitazione mi voltò le spalle, preparando del caffè, alcune bibite fredde, tra cui una tazza con beccuccio piena di succo senza zucchero, e un piatto di biscotti. Mise tutto su un vassoio e lo sollevò con una mano.

Ho una fame!

Sarei stato capace di mangiarli tutti, se poi non mi avessero fatto male. L'unico cibo che ero riuscito a procurarmi negli ultimi giorni lo avevo dato a Daisy; e avrei anche potuto accettare di continuare in quel modo se a un certo punto non ci fossimo svegliati in un pullman diretto chissà dove, e quando poi lei aveva cominciato a piangere tra le mie braccia, stanca e confusa, avevo capito che non avremmo potuto continuare a spostarci senza meta in eterno. Non avevamo soldi e dovevamo riposarci: quel posto andava bene come un altro per quel giorno. Sapevo che Eric aveva un amico dottore che avrebbe potuto curare le mie ferite e forse anche fasciarle in modo che si notassero meno. Ci serviva aiuto e mi auguravo che l'uomo a cui avevo salvato la vita avrebbe fatto quello che mi serviva facesse: dare a me e Daisy un posto sicuro in cui stare. Poi, tra qualche settimana, quando i Federali avrebbero finalmente trovato Billy, ce ne saremmo andati per cominciare la nostra nuova vita.

Non avevo idea di dove saremmo andati: la mia famiglia non sarebbe certo stata disposta a riaccogliere la pecora nera. Il Vermont sembrava un bel posto; avevo visto un poster alla stazione degli autobus che rappresentava l'autunno nella East Coast. Si trovava dalla parte opposta della nazione, dove le foglie cominciavano proprio in quel periodo a sfumare verso il rosso e dove io avrei potuto cambiare nome e costruire una nuova vita per me e mia figlia. Avrei trovato un lavoro. Ero bravo con i computer, anche se vi stavo lontano dopo quello che avevo fatto. Ed ero bravo anche con i lavori manuali e i motori: imparavo in fretta e non sarebbe stato un problema guadagnare. Forse avrei potuto tornare alla musica, iscrivere Daisy a una buona scuola e rendere la mia vita accettabile.

Sì, come no, e i maiali volano!

"Da questa parte," mormorò Leo, lasciando la cucina con il vassoio in mano e muovendosi piuttosto velocemente per uno che aveva una gamba ingessata. Bastò l'odore dei biscotti a convincermi a seguirlo. Lo stomaco mi gorgogliava e avevo la testa leggera. Non riuscivo neanche a ricordare l'ultima volta che avevo mangiato. Venerdì forse? E che giorno era quello? Non ne avevo idea.

Ci condusse in un ampio salotto con enormi divani, nei quali avrei voluto sprofondare per sempre. Anche la televisione, a cui era attaccata una console di gioco, era gigantesca, e i frammenti di una vita ordinaria erano sparpagliati ovunque: una tazza sul tavolino da caffè, riviste, un romanzo di John Grisham e l'aria condizionata accesa.

Ho solo bisogno di tempo per riordinare le idee e qualcuno che controlli Daisy.

Sedetti sul bordo del divano più vicino alla cucina, Daisy che si muoveva tra le mie braccia. Si era addormentata due ore prima di un sonno irregolare, le sue abitudini scardinate da tutto quello che ci era successo. "Puoi appoggiarla sui cuscini se vuoi." Leo si sporse oltre il bracciolo del sofà su cui anche lui si era seduto e tornò su con coperte in abbondanza e un pupazzo morbido. "È il preferito di Mia, la figlia di Sean e Ash. Te li ricordi?"

"Il dottore," dissi, sentendomi stupidamente orgoglioso di me quando sorrise.

Si protese per passarmi quello che aveva in mano e, dopo un attimo di esitazione, afferrai le coperte e le stesi al mio fianco. Avevo la vista offuscata e sbattei le palpebre per scacciare il bisogno improvviso di chiudere gli occhi e non aprirli mai più.

E se mi strappasse Daisy mentre la metto giù?

Mi portai una mano al petto dolorante e lo massaggiai, guardando Leo che si rimetteva comodo e allungava le gambe davanti a sé. Il suo gesso mi avrebbe permesso di reagire se avesse provato a fare qualcosa di strano, inoltre aveva in mano la tazza di caffè e un biscotto strapieno di cioccolato. Stava cercando di farmi vedere che era rilassato? Che non aveva intenzione di prendere Daisy e tenermi lontano da lei? Il dolore al petto era aumentato. Avevo la mano sporca di sangue per via del taglio sul collo e i graffi sul braccio prudevano come il diavolo. In poche parole, ero un rottame.

Daisy almeno sta bene.

Con una mano sola allargai le coperte e le preparai un nido, poi ve l'adagiai delicatamente, scostandole i capelli biondi dal viso e guardandola mugolare qualcosa prima di girarsi sul fianco, mettersi il dito in bocca e afferrare la coperta con l'altra mano. Non aveva voluto dormire mentre aspettavamo l'autobus; era stata la spossatezza a farle chiudere gli occhi, ma sapeva che io avrei vegliato su di lei.

"Starà bene," disse Leo sorseggiando il suo caffè e guardandomi da sopra il bordo della tazza. "Bevi qualcosa. Hai fame?"

Avrei voluto mangiare, ma riuscivo a pensare a una cosa sola. "Hai detto che avremmo chiamato Eric."

Lui mi fissò. "Sarò onesto con te: dubito che riusciremo a raggiungerlo. Sta lavorando in mezzo alle colline. Ma possiamo provare dopo che avrai mangiato e bevuto qualcosa. D'accordo?"

Feci una smorfia, e anche se Leo era lì e mi osservava, non mi sarei fatto intimidire dal suo sguardo severo. L'avevo visto reagire al nostro bacio, avevo visto il suo disprezzo verso la propria debolezza e la sua rabbia, e mi ero ripromesso di non parlargli mai più. Mi aveva regalato una piccola speranza e poi me l'aveva strappata dalle mani nel modo più crudele, e l'ultima cosa che volevo era doverci avere di nuovo a che fare. "Non sono qui per un caffè in tua compagnia," scattai. "Devo parlare con Eric."

"È impegnato con l'incendio di San Bernardino," ribatté lui. C'era una traccia di paura nella sua voce, anche se cercava di mostrarsi calmo e controllato.

Per un attimo desiderai di poter essere insieme a Eric, che Daisy fosse nel Vermont con sua madre e che io potessi condurre una vita normalissima. Una parte di me aveva sperato che dopo la prigione sarei potuto entrare nel corpo dei Vigili del fuoco, ma la fedina penale sporca mi impediva di accedere ai corsi di primo soccorso quindi il sogno era morto sul nascere. Ciò, tuttavia, non mi impediva di sapere cosa stesse succedendo in California, così come avevo ben presente la sensazione della paura, e sentii lo stomaco stringersi al pensiero di Eric che affrontava le fiamme. L'ultimo di moltissimi incendi si stava propagando a velocità allarmante, era contenuto solo a metà e aveva già bruciato quasi quindici miglia quadrate, costringendo più di diecimila persone a lasciare le proprie abitazioni.

Leo continuava a parlare, ma riuscivo a cogliere solo qualche parola ogni tanto e nessuna che avesse senso. Provai a sedere sul bordo del divano, ma era difficile perché la sua morbidezza sembrava risucchiarmi. Ero esausto, sentivo male ovunque, puzzavo come una carcassa abbandonata sul ciglio della strada e la testa mi pulsava. Il richiamo del sonno stava diventando sempre più difficile da ignorare.

"…quindi credo che la cosa migliore sia chiamare il suo partner Brady. Era presente anche alla cerimonia con Maddie e Lucas, te li ricordi?"

"Hm…" Una famiglia normale, bei bambini, Eric e Brady. Sì, ricordavo.

"Sento da lui se ci sono notizie più recenti, ma abbiamo una chat di gruppo e l'ultima informazione era che Eric si trovava sulle colline."

Quello attirò la mia attenzione. "Eric ha detto che avrei potuto chiamarlo, e ci ho provato." Tossii, mi sentivo la gola secca. "Ho usato il mio telefono usa e getta, quindi non poteva sapere che ero io..." Leo sgranò impercettibilmente gli occhi e io mi resi conto di aver appena ammesso di possedere un telefono usa e getta.

"Perché hai un telefono usa e getta?" chiese infatti. Almeno non era balzato in piedi per prendere la pistola e arrestarmi lì su due piedi, ma si era insospettito, accidenti a me e alla mia boccaccia. Ignorai la domanda nella speranza che si dimenticasse di quella confessione estemporanea, e proseguii.

"Non ha risposto a nessuno dei messaggi che gli ho mandato negli ultimi giorni, ma avrei dovuto immaginare che fosse in servizio..." Quello che dicevo non aveva senso, ma se Eric non c'era, cosa ne sarebbe stato di me e Daisy?

"Daisy sembra avere un gran bisogno di dormire," osservò Leo, e io mi sentii immediatamente in colpa.

"Siamo stati in viaggio."

"Da dove?"

Sempre meglio. Perché gli interessava anche quello?

"Nord," dissi, ben consapevole che avrebbero potuto essere poche miglia fuori città, così come il Canada.

La sua espressione non tradì scetticismo o altro ma rimase neutra. "Non ricordo che nel tuo file si facesse riferimento a una figlia," disse poi.

"Ti avevo detto di non guardare," scattai.

"Sono un poliziotto," rispose, serafico. "E sai bene che non solo ho letto il tuo file, ma ti ho anche cercato da quando sei uscito di prigione."

"Perché non mi hai ascoltato?"

"Volevo sapere se ci fossero delle attenuanti che ci avrebbero permesso di farti uscire prima. Te lo avevo detto." Siccome non desideravo attirare l'attenzione, gli avevo chiesto di starne fuori. Lui mi aveva rivolto quello sguardo ostinato, ma io avevo insistito perché non volevo che qualcuno portasse alla luce storie che dovevano restare sepolte. Poi mi aveva baciato e mi aveva dato una piccola speranza, strappandomela però di mano un attimo dopo, quando si era pentito di averlo fatto.

Avevo una voglia matta di aprirmi e raccontare a qualcuno, a chiunque, quello che era successo, cosa avevo fatto e cosa era stato fatto a me. Ma perché quel qualcuno doveva essere proprio Leo?

"Daisy è mia figlia e ho bisogno che stia al sicuro," dissi. Avevo una gran confusione in testa, troppi fili ingarbugliati a formare un nodo che premeva e faceva male. Presi un biscotto e diedi un piccolo morso. Il sapore del cioccolato mi sembrò il paradiso e mi appoggiai allo schienale del divano per rilassare un po' i muscoli della schiena.

"Va bene," concesse Leo con una piccola scrollata di spalle. "Finisci il tuo biscotto, poi proviamo a chiamare Eric."

Annuii e subito dopo mi sentii investire da un'ondata di debolezza, così diedi un altro morso. L'ultima cosa di cui Daisy aveva bisogno era che il suo papà svenisse, ma il dolore che sentivo al petto era insopportabile ed ero talmente stanco che neanche il terrore sarebbe bastato a farmi stare sveglio. Cercai di oppormi ma persi la battaglia.

. . .

Capitolo 4

Quando mi svegliai, Daisy non era più al mio fianco, poi la sentii gridare.
"Papà!"

Capitolo Cinque

Leo

Aspettai finché Jason non si addormentò o svenne – non saprei dire quale delle due, ma respirava a un ritmo regolare. Lo guardai opporsi in tutti i modi al sonno, ma all'improvviso chiuse gli occhi e si abbandonò sull'angolo del divano, cedendo finalmente alla stanchezza che marcava i suoi lineamenti. La mano gli scivolò giù fino ad appoggiarsi sulla bambina che tanto gli assomigliava, mentre il biscotto mezzo mangiato finiva a terra, dove fu prontamente raccolto da Cap. Quando fui certo che fosse nel mondo dei sogni, mi avvicinai e gli controllai il battito: era debole ma presente.

Il ragazzo era ancora bello come mi era apparso tutti quei mesi prima: sì, era sporco, esausto e forse troppo magro, ma i suoi zigomi, la curva volitiva del mento, le sopracciglia folte e quelle splendide labbra piene erano ancora lì. Mi ero sentito attratto da lui già all'ospedale e poi alla cerimonia, ma avevo sempre imputato quell'interesse alla gratitudine per essersi messo tra Eric e un inferno di fuoco. Forse vederlo come un eroe aveva fatto passare in secondo piano il fatto che fosse ancora in carcere, anche se il sindaco gli aveva messo una medaglia al collo e gli aveva consegnato un'onorificenza.

"Cosa vuoi da Eric?" mormorai, e al suono della mia voce Daisy si mosse. Istintivamente la presi in braccio; siccome non sapevo perché Jason l'avesse portata con sé e per quale motivo stessero scappando, avevo bisogno che Sean venisse a controllarla. Non avrei dovuto stare lì a fantasticare su cosa provassi per il padre, ma avrei dovuto pensare prima di tutto ad aiutare la bambina. Magari qualcuno lo avesse fatto per me quando ero ancora piccolo, prima che mamma e papà Byrne mi adottassero! Andai in cucina e come prima cosa chiamai Sean.

"Vieni subito qui," esordii senza neanche dargli il tempo di salutarmi.

"Eh?"

"È urgente."

"Ho capito, sono a cinque minuti, coglione," rispose lui allegro. "Che c'è di tanto grave?"

Avrei potuto spiegarglielo, ma che senso aveva considerato che stava arrivando? "Emergenza medica. Passa da qui appena arrivi." Chiusi la chiamata e cullai Daisy tra le braccia. Un bel nome per una bimba davvero carina. Era tutta pulita e profumata e un controllo al borsone che Jason aveva fatto cadere accanto al divano rivelò che dentro c'erano altri vestiti per lei, un paio di libri e un pupazzo rosso a forma di drago. Indipendentemente dalla ragione per cui Jason era male in arnese, si era preso cura di Daisy; senza contare che lei gli dormiva tra le braccia, quindi si fidava.

Con la mano libera presi il portatile e controllai le schede dei bambini scomparsi e i casi aperti, ma da nessuna parte si parlava di loro due. Se non era stata rapita, allora doveva essere un'altra la ragione per la quale Jason sembrava così spaventato.

Avrei voluto scambiare due parole con il mio tenente, raccontargli come i due si fossero presentati all'improvviso a casa mia, ma qualcosa mi bloccava, forse il fatto che avevo promesso a Jason di non farlo.

Che diavolo vado a pensare? Non posso prendere il mio lavoro sottogamba. Che mi sta succedendo? Daisy si svegliò mentre stavo cercando di convincermi ad agire e vidi che aveva gli stessi incredibili occhi azzurri di suo padre. Mi guardò, ancora insonnolita e spaurita, poi emise uno strillo spaventato e cercò di fuggire dalle mie braccia. *Volevo solo aiutarti, assicurarmi che stessi bene.*

Bene, avevo combinato un casino.

La misi giù e mi assicurai che riuscisse a stare in piedi. Mi guardava come se dovessi ucciderla da un momento all'altro. Perché diavolo mi era sembrata una buona idea prenderla in braccio? Ero un estraneo e non indossavo l'uniforme. Stupido idiota!

"Sono un poliziotto, Daisy. Va tutto bene."

Cap ci raggiunse e le si mise di fianco, aspettando che gli rivolgessimo la nostra attenzione. Era avvezzo ai bambini e voleva bene a Mia, anche se Daisy sembrava di uno o due anni più grande. Non doveva però essere abituata ai cani, perché lo spinse via; ma Cap non si offese e si limitò a schivarla.

"Va' via!" gli ordinò lei con decisione e il cane si scostò di qualche passo e sedette accanto allo sgabello. "Voglio il mio papà."

"Daisy, adesso lo chiamo. Ma va tutto bene, sono un poliziotto e..."

"Dov'è il mio papà!" gridò lei. "PAPÀ!"

Mi chinai per prenderla di nuovo in braccio ma ottenni solo di spaventarla di più e farla nascondere dietro lo sgabello, gli occhi spalancati e impauriti, e neanche il mio tono più rassicurante riuscì a calmarla. Ero sul punto di arrendermi quando Jason si precipitò in cucina chiamandola in preda al panico, poi spostò gli sgabelli con furia e la prese tra le braccia.

"Papà!" piagnucolò lei, mentre lui la stringeva a sé e lei gli nascondeva il viso contro la spalla.

"Stalle lontano," mi ordinò, la mano libera stretta a pugno e gli occhi che ardevano di rabbia. Alzai le braccia per cercare di calmarli.

"Volevo solo prenderle da bere," mentii.

"Lasciaci in pace."

Okay, la situazione stava degenerando e Jason sembrava sul punto di collassare da un momento all'altro. Mosse un passo verso la porta e poi un altro. Lo immaginai svanire nel nulla e l'istinto del poliziotto che era radicato dentro di me si impose sulla confusione che mi annebbiava i pensieri. "Fermo!" intimai. Lui si gelò e voltò il viso per guardarmi, mentre stringeva la piccola con tanta forza da farle male.

"Non puoi costringerci a restare."

"Fallo per Daisy." Cercai di restare calmo, valutando come impedirgli di fuggire. Dovevo dare un senso a quella storia, ai suoi lividi e graffi, e a Daisy.

"Non dire caz…Non puoi trattenerci." Impallidì di nuovo e barcollò.

"Non sto cercando di fermarvi, ma Jason…"

"Me ne vado."

Mi mossi così in fretta che per poco non mi sfracellai per terra nel tentativo di mettermi tra lui e la porta. Cap mi venne dietro e ci mancò poco che non mi facesse inciampare; probabilmente per lui era solo un altro gioco, ma io avevo bisogno che non peggiorasse la situazione. "Giù," gli dissi e lui sedette al mio fianco, pronto a riprendere in qualsiasi momento quell'acchiapparello in cucina.

Jason barcollò all'indietro scioccato e per un attimo temetti che anche lui sarebbe inciampato e caduto. La situazione mi stava sfuggendo di mano troppo in fretta.

"Fidati di me," dissi, cercando, ancora una volta, di rassicurarlo. "Non voglio farti del male, ma sono preoccupato per tua figlia. Ti ricordi di Sean? È un dottore. L'ho chiamato e sta per arrivare. La controllerà e poi io e te ci siederemo e mi racconterai cosa ti è successo. Dopodiché proveremo a contattare Eric."

Jason fece una smorfia, chiaramente indeciso, ma

quando la porta si aprì alle mie spalle, si raggomitolò immediatamente su se stesso, proteggendo Daisy con il proprio corpo. Che diavolo?

"Ti sei di nuovo tagliato con un foglio di carta?" scherzò Sean, ma il sorriso gli morì sulle labbra quando assorbì la scena e vide Daisy che piagnucolava. Reagì all'istante, entrando in modalità dottore e inginocchiandosi al loro fianco.

"Jason?" Sembrava incredulo e io arretrai per fargli spazio. "Ehi, e questa piccolina chi è?"

"Daisy," rispose lui dopo qualche secondo e io mi sentii stringere il cuore nel vedere con quanta determinazione cercasse di proteggerla.

"Ciao, Daisy," mormorò Sean. "Io sono il dottor Sean. Mi permetti di aiutarti, tesoro?" Allungò la mano verso di lei, che smise di piangere e guardò il padre per chiedere conferma.

Jason però non sembrava intenzionato mollare la presa.

"Sono qui per aiutarla," lo rassicurò Sean. "Puoi lasciarla andare," aggiunse, ma l'altro lo guardava indeciso, gli occhi ancora colmi di paura.

"Va bene," disse alla fine, allentando la presa delle manine di lei dalla sua maglietta mentre le sussurrava parole rassicuranti.

"Che è successo?" chiese Sean rivolto a me, restando calmo e prendendo la bambina. Jason cercò un'ultima volta di trattenerla ma ruotò gli occhi, e io sarei stato pronto a scommettere che fosse sul punto di svenire di nuovo. Si accasciò nell'angolo, la sconfitta chiara sul suo viso, le braccia protese come se volesse riprendersela.

Sean andò immediatamente in cucina e la fece sedere sul bancone, poi arretrò d'un passo per guardarla. Ovviamente aveva dato la precedenza alla bambina, la cui maglietta era sporca di sangue. "Ehi, tesoro," le si rivolse con voce dolce. Lei annuì. "Ti fa male da qualche parte?"

Daisy scosse la testa, i boccoli biondi che ondeggiavano e gli occhi colmi di lacrime. "Aiuta il mio papà."

Quando mi chinai sopra di lui, Jason mormorò qualcosa e mi afferrò il braccio.

"Il tuo papà starà bene," mentii a Daisy.

"Dovete aiutarlo," insistette lei, alzando il mento con aria di sfida. Un gesto che sottolineava ancora di più quanto i due si assomigliassero. Il suo sguardo si accese all'improvviso di vita: era chiaramente determinata a far sì che la sua richiesta venisse esaudita.

Sean le posò una mano sulla fronte e poi sul collo. Niente di certo, ma forse sufficiente a ottenere una prima diagnosi. La porta si aprì di nuovo e Cap cominciò a saltare intorno ad Asher, che aveva la borsa da medico di Sean in una mano e Mia in braccio.

"Zio Fido!" strillò lei e io sorrisi per la normalità della scena.

"Che ti sei fatto?" mi chiese Ash con un sorriso, che però svanì subito quando vide Sean, Daisy e Jason. Senza dire una parola, passò la borsa a suo marito e si fece da parte. Dopo aver finito con la bambina, Sean la rimise a terra e lei corse immediatamente dal padre. Sean la seguì e si accovacciò accanto a Jason, prendendo uno stetoscopio dalla borsa e iniziando i controlli che gli avevo già visto fare un milione di volte.

"Che è successo?" mi chiese Ash, mentre afferrava il collare di Cap, che voleva giocare con Mia.

"Non lo so." Non avevo la più pallida idea di cosa stesse succedendo. Se non fossi stato in debito con Jason per aver salvato la vita a Eric, avrei già chiamato il 911 da un pezzo. La mia prima responsabilità era nei confronti di Daisy: assicurarmi che stesse bene, che non ci fossero allarmi rapimento e che fosse al sicuro anche da lui, nel caso che...

Sean, intanto, continuava la sua visita, facendo ogni tanto una domanda ed esitando solo quando arrivò ai lividi che Jason aveva sul collo.

"Cosa mi dici di questi?" chiese al ragazzo, che non era del tutto cosciente e lucido, e io trattenni il fiato mentre Ash al mio fianco si irrigidì.

"Non voleva lasciarlo andare," rispose al posto suo Daisy, con il labbro che tremava e due grosse lacrime che le scendevano lungo le guance. Avevo già visto dei bambini piangere in quel modo prima, in silenzio per non farsi sentire. A cosa aveva dovuto assistere quella povera creatura? E cosa c'entrava Jason? Lui era stato in prigione e lei non sembrava troppo grande. Non riuscivo a capire.

"Chi non voleva lasciarlo andare?" chiese Sean mentre sollevava la maglietta di Jason e gli controllava il torso. Jason lo spinse via e cercò di mettersi in piedi appoggiandosi al muro, ma continuava a barcollare.

"Non raccontare niente, Daisy," disse in un tono brusco che mi fece raddrizzare la schiena.

"E ha fatto male alla mamma," continuò Daisy.

"Ho detto basta!" la rimproverò Jason con più decisione.

"Non urlare!" ribatté lei.

Sollevai una mano per farlo stare zitto. "Chi è stato a fare male alla mamma, tesoro?" Era la prima volta che li sentivo parlare di una mamma.

"E a me," aggiunse lei prima di serrare gli occhi. Qualcuno le aveva fatto male? I ricordi dei casi di abuso a cui avevo assistito si mischiarono a quelli della mia infanzia e una girandola di pensieri mi invase la testa, facendomi calare una nebbia rossa davanti agli occhi.

"Chi è stato, tesoro?" insisté Sean.

"Papà B ha fatto male alla mamma e poi a me," confessò lei con un singhiozzo. Io sentii solo le parole *papà* e *male*, ma bastarono a farmi perdere il poco controllo che mi era rimasto.

Ignorando le difficoltà di movimento a causa della gamba rotta e uno sgabello che ci separava, evitai Cap e piombai su Jason con una velocità tale da impedirgli di accorgersi di me. Mi infilai tra lui e Daisy, allontanai Sean, poi afferrai il ragazzo e lo trascinai con me fino a inchiodarlo alla porta, cercando nel frattempo di non provocargli altre ferite in aggiunta a quelle che già aveva. Quando tuttavia cercò di liberarsi, lo girai e lo schiacciai di faccia contro il muro, torcendogli il braccio sinistro dietro la schiena. Per quello che mi riguardava, bacio o non bacio, gratitudine o non gratitudine, quel bastardo che faceva del male ai bambini era in stato di arresto.

"Lasciami andare!" urlò lui cercando inutilmente di

liberarsi. Potevo anche avere una gamba ingessata, ma lui era debole e più lento di me, più minuto, senza contare il mio addestramento da poliziotto. Non c'era verso che riuscisse a sfuggirmi.

"Papà! Papà!" Daisy piangeva, Jason si dibatteva e Sean mi tirava, ma la nebbia rossa mi offuscava ancora la mente. Avrei dovuto farlo nel momento stesso in cui lo avevo visto là fuori.

"Qualcuno chiami il 911!" ringhiai, il dolore e la paura di una vita che mi invadevano i pensieri mentre premevo contro la sua mano. Una parte di me, oscura e nascosta nella profondità della mia anima, voleva che gli facessi male, parecchio male. Avevo visto troppo dolore di quel tipo, troppi bambini abbandonati a loro stessi per strada o in catapecchie insieme a genitori drogati. Era mio dovere proteggere Daisy, e lui non si sarebbe mosso a meno che non fossi io a volerlo.

"Lascialo, Leo," cercò di convincermi Ash. C'era anche Sean, ed entrambi mi parlavano, mentre Cap guaiva e mi dava piccole testate contro la gamba. Ma fu la voce di Daisy a fare breccia nella mia rabbia.

"Lascia andare il mio papà! Lascialo!"

"Non è stato lui a farle del male," disse Sean mentre cercava di tirarmi via, aprendomi le dita e tirando. Alla fine, lo lasciai andare e Jason si accasciò per terra, mentre Daisy gli si lanciava addosso piangendo forte.

"Che vuol dire?"

Jason mi guardò. "Non le farei mai del male. L'ho portata via. È stato qualcun altro che... Ascolta, non abbiamo nessun posto dove andare..." si arrese. "Perché nessuno vuole aiutarci?"

"Ti odio! Non toccare più il mio papà!" urlò Daisy rivolta alla stanza, e non capii finché non mi accorsi che indicava me. "Ti odio," singhiozzò di nuovo e si aggrappò alla gamba di Jason finché lui non la sollevò con una smorfia, il dolore inciso in ogni tratto del suo viso.

Due cose erano chiare: Daisy stava proteggendo Jason e Jason aveva protetto Daisy. Si prendevano cura l'uno dell'altra. C'era un legame speciale tra loro, qualcosa che andava al di là delle regole, un amore incondizionato che non potevo negare. Mi sentii stringere il petto in una morsa. Colsi lo sguardo determinato con cui il ragazzo mi fissava. Era protettivo e capii in quel momento che avrebbe dato la vita per sua figlia. Fu allora che qualcosa dentro di me cambiò: non ero più un poliziotto che aveva visto troppo, né uomo con un passato così tormentato da aver impiegato anni a elaborarlo, avvertivo soltanto il bisogno incondizionato di tenere quella bambina al sicuro.

Quell'appassionata territorialità mi lasciò di stucco e per poco non mi accasciai al suolo senza fiato. Jason aveva calmato Daisy, ma lei continuava a fulminarmi con lo sguardo da sopra la spalla del padre.

Così feci quello che mi sembrava più giusto, mentre Sean finiva la sua visita.

"Mi dispiace, Daisy," dissi a bassa voce. Non dovevo permettere al mio passato di influenzare le mie azioni tanto da arrivare a schiacciare un uomo contro la parete. In genere ero calmo e controllato, affidabile, e non permettevo mai alla rabbia che mi ribolliva dentro di affiorare.

Cosa c'era allora in quella bambina che mi aveva fatto perdere il lume della ragione?

E perché all'improvviso, senza motivo apparente, volevo prendere lei e Jason tra le braccia, stringerli a me, e promettere loro che non avrei mai permesso a niente e nessuno di far loro del male?

Capitolo Sei

Jason

"Perché non portiamo Daisy in un'altra stanza così da poterti visitare con più calma?" disse Sean, e il suo tono risoluto mi convinse, anche se in realtà non avrei voluto separarmi da lei.

"Mi dispiace," sussurrò Leo. Non avevo mai visto tanta violenza e passione in una sola persona come quando mi aveva spinto contro il muro, e non avrei dimenticato facilmente il dolore inciso in ogni tratto del suo viso.

Non volevo neanche pensare a tutto quello che, probabilmente, aveva visto nei suoi anni in polizia, ma rispettavo che in quella situazione la sua priorità fosse Daisy. Era per lei che cercavo aiuto, non per me stesso.

"Va tutto bene," gli risposi, poi feci sollevare il viso a Daisy per poterla guardare negli occhi. "Stai tranquilla, non mi farà del male."

"Non mi piace quello che ha fatto," rispose lei. Le tremavano le labbra.

"Neanche a me." Gli affondai il naso nei capelli. "Ti voglio bene, piccola Daisy-May."

"Anche io, papà," rispose lei senza un attimo di esitazione.

"Perché non vai a giocare mentre il dottor Sean finisce di visitarmi?" Il mio tono di voce era tutt'altro che deciso, ma cercai di infondervi quanto più entusiasmo possibile.

"Ho alcuni giochi," intervenne Leo, indicando un angolo del salotto pieno di giocattoli colorati. *Non voglio che Daisy si allontani da me, non voglio restare da solo con lui*, pensai dandomi immediatamente dello stupido.

Accompagnai Daisy sulla coperta con i giochi e aspettai qualche minuto mentre lei studiava una casa a forma di albero abitata da un'intera famiglia di ricci.

"Posso giocare con tutti?" mi chiese con gli occhi sgranati per la sorpresa.

Raccolsi il riccio più vicino, che indossava una tuta da lavoro e un casco da cantiere, e glielo porsi.

"Questo è Gino Riccio," improvvisai. "È stato lui a costruire la casa."

"Gino Riccio," ripeté lei e dopo un attimo di esitazione prese il pupazzetto della mia mano.

Ne cercai un altro, questa volta con indosso un tutù rosa. "E questa è la sua amica Lulu."

Daisy mi guardò. "Posso davvero giocare con entrambi?"

"Sì, con tutti quelli che vuoi," la rassicurai mentre sentivo il cuore andarmi in frantumi nel petto. Rain aveva promesso che nostra figlia avrebbe avuto tutto, cosa aveva avuto invece? Dolore, rabbia e una madre che si era persa.

"Jason?" mi chiamò Sean. "Dai, finiamo."

Lo ignorai e continuai a rivolgermi a Daisy. "Tu gioca con Gino Riccio e Lulu e io parlo con il dottore, va bene?"

Lei strinse i due animaletti al petto e annuì.

"Non ci metterò molto." Notai che il cane di Leo si stava avvicinando con movimenti lenti e attenti, annusando l'aria e agitando la coda. Da quello che ne sapevo, Daisy non aveva paura dei cani, ma non la conoscevo così bene da esserne certo. Lei però allungò una mano per toccarlo e lui le si sdraiò vicino con un sospiro soddisfatto, permettendole di accarezzargli la testa.

Si dice che i cani capiscano le situazioni meglio di tanti esseri umani e in quel momento ebbi la sensazione che lui volesse proteggerla. A me sarebbe bastato che il suo padrone capisse che stavo facendo del mio meglio e che ci serviva aiuto.

Okay, era arrivato il momento che mi facessi controllare, per bene questa volta.

"Ti serve una radiografia," annunciò Sean dopo qualche minuto.

"No, niente ospedale."

"Che scemenza," borbottò lui sottovoce.

Per tutta la durata della visita, Leo non si allontanò dal mio fianco, osservandomi attentamente, nello sguardo qualcosa che assomigliava alla preoccupazione, forse anche una punta di pietà. Per qualcun altro sarebbe stata compassione, ma io sapevo che mi considerava un perdente, qualcuno che aveva permesso a un'altra persona di ferirlo, qualcuno che era incapace di mantenere il controllo sulla propria vita.

Non avrei dovuto farlo, aveva detto dopo il bacio. Parole che mi erano rimaste incise nella memoria.

"Gli serve una radiografia," disse Sean per la terza volta, rivolto a Leo.

"No," ripetei, sforzandomi di dare un senso di definitività a quella singola parola.

Dovevo ritrovare un po' di forza e determinazione e chiedere di parlare con Eric, cosicché potesse aiutarmi a trovare un rifugio sicuro. Avrebbero cercato di fermarmi, forse, ma non glielo avrei permesso. Non avevo fatto nulla di male e Leo non aveva nessun motivo per arrestarmi. Sean aveva detto che Daisy stava bene, nonostante la miriade di domande che gli leggevo nello sguardo. Fu molto professionale mentre chiedeva informazioni sulle mie ferite, nonostante io rimanessi in silenzio e non spiegassi nulla. Leo, dal canto suo, era chiaramente preoccupato e passava dalla compassione all'inquietudine.

"Porto Mia a casa per un sonnellino," disse Ash voltandosi verso Sean. "Tutto a posto qui? Vuoi che faccia qualcosa?" Lo vidi scambiarsi un'occhiata con il marito.

"Niente polizia," intervenni senza esitazione.

Sean mi scoccò uno sguardo che non seppi decifrare, poi sbuffò. "Va tutto bene. Non chiamare nessuno."

Si scambiarono un bacio e Ash andò via.

Sean finì la visita, mi disinfettò le ferite, le chiuse con

piccoli cerotti a farfalla e scosse la testa non appena mi tastò le costole e io sussultai per il dolore. "Non sono rotte," disse. "Almeno non credo, ma dovresti venire in…"

"Niente ospedale."

"Cristo," imprecò lui sottovoce. Gli sbuffi continuarono e così la medicazione, e alla fine si allontanò insieme a Leo. Era chiaro che gli stesse impartendo degli ordini, mentre Leo mi fissava da sopra la sua spalla.

Era davvero un bell'uomo, più alto di me di almeno dieci centimetri, i capelli scuri lucidi e in ordine, il portamento eretto. Aveva rughe di espressione attorno alla bocca e agli angoli degli occhi, ma non lo avevo mai visto ridere o sorridere, nemmeno dopo il nostro bacio. Era grato quando mi si era avvicinato dopo l'incendio, teso mentre mi teneva la mano in ospedale, dispiaciuto e disgustato dopo avermi baciato, infuriato quando mi aveva spinto contro il muro credendo che avessi fatto del male a Daisy, ma mai sereno e rilassato.

Sarebbe stato il tipo di uomo che avrei provato ad agganciare in un club, o perlomeno il tipo di uomo che il vecchio Jason avrebbe cercato di rimorchiare ai vecchi tempi, quando ancora si concedeva qualche botta e via. Era forte abbastanza da imporsi nella vita anche con una gamba ingessata, abbastanza determinato da imporre la sua volontà, e in quel momento non sembrava per niente propenso ad aiutarmi.

"Secondo te dovremmo chiamare i Servizi sociali?" chiese a Sean.

Sentii una morsa al petto, ma aspettai che il

dottore rispondesse. Avevo già in mente un piano di fuga e non avrei permesso a niente e nessuno di fermarmi. Dovevo solo stare al gioco, convincere il mio corpo che non aveva bisogno di dormire, prendere Daisy e darmi alla fuga. Forse la polizia e l'ospedale mi avrebbero permesso di restare con lei, ma i Servizi sociali me l'avrebbero portata via se avessero creduto che non fosse al sicuro con me, e io non l'avrei mai permesso.

"Daisy sta bene," rispose Sean. "Il tuo istinto che dice?"

Leo scoccò un'occhiata verso il divano sui cui ero seduto. "Che non sappiamo tutto."

"Il mio addestramento mi imporrebbe di portarlo al pronto soccorso."

"Ha una commozione cerebrale?"

"No, non sembra, ma le costole…" Sean scosse la testa. "Stupido idiota."

"È venuto qui per Eric," disse allora Leo. "Credo che dovremmo permettergli di parlargli."

"Come vuoi," concesse Sean, anche se riluttante.

Stavano parlando tra loro, la conversazione interrotta da momenti in cui si guardavano semplicemente negli occhi, e decisi di interromperli e andare dritto al punto.

"Ho solo bisogno di un posto dove stare e mettere un po' di distanza tra me e… certe cose."

Entrambi mi fissarono dubbiosi.

"Tipo le persone che ti hanno picchiato?" chiese Sean.

"Chi sono?" intervenne Leo. "Cosa vogliono da te?

Sanno dove sei?" Non aveva parlato con un tono aggressivo ma io trasalii lo stesso.

"Ho solo bisogno di qualche giorno... poi me ne vado."

"Dove esattamente?" domandò Sean.

"Io e Daisy abbiamo una famiglia sulla East Coast," mentii, restando deliberatamente sul vago.

Sean mi scoccò un'occhiata scettica. Non lo avevo convinto. "Perché hai bisogno di restare qui?" insisté. Calò il silenzio mentre aspettavano la mia risposta. Diedi uno sguardo a Daisy, sperando che non stesse prestando troppa attenzione alla nostra conversazione. Era stesa accanto al cane e teneva in mano Gino Riccio e Lulu come se stessero parlando tra loro. Quando l'avevo presa con me avevo trovato solo due libri e un paio di peluche, lì invece c'erano una casa delle bambole, almeno un centinaio di ricci diversi e uno scaffale intero pieno di libri e pupazzi.

Era quello che volevo per lei: la normalità, qualunque cosa essa fosse.

Sean tirò fuori il cellulare e se lo rigirò tra le dita, assorto. "Devo..."

Leo gli sfiorò la mano, gli prese il telefono e cominciò a far scorrere il dito sul display. "Daisy sta bene. Dammi il tempo di capire e parlare con Eric," lo fermò.

"Mettere in pericolo dei bambini..."

"Il mio istinto mi suggerisce che c'è parecchio dietro a questa storia, ma non è stato lui a farle del male."

"Ti prendi tu la responsabilità..."

"Contaci."

Sean si accigliò e io aspettai di vedere cosa sarebbe successo. I due si guardarono ancora comunicando con lo sguardo. C'era un legame quasi fraterno tra loro e per un attimo li invidiai.

"Proviamo a parlare con Eric," concluse infine Sean e Leo annuì.

Dovevo fidarmi e credere che stesse facendo quello che aveva detto, ma chiunque stesse chiamando non rispose. Allora provò un altro numero e mise la chiamata in vivavoce. La persona all'altro capo della linea disse che, stando alle ultime notizie, Eric e la sua squadra erano in collina per cercare di estinguere tutti i focolai, ma il vento li preoccupava. "Non ho idea di quanto dovrà restare lassù," aggiunse l'uomo con un tono molto preoccupato. "Hanno tolto l'elettricità ed è un gran caos."

Leo mi guardò e scosse la testa prima di dire: "Stai tranquillo, Brady. Magari è un caos, ma Eric è ben addestrato e non gli succederà niente."

Brady, il compagno di Eric, che avevo conosciuto alla cerimonia. Scambiarono qualche altra parola e fu surreale perché Brady stava per uscire in giardino insieme ai suoi bambini per una normalissima giornata di una normalissima famiglia. Parlarono un altro po', ma quando la telefonata finì, Leo e Sean si appartarono vicino alla porta. Daisy si era messa a sedere con la schiena appoggiata al muro, Gino Riccio e Lulu stretti in mano, lo guardo attento fisso prima su di me, poi su Leo e Sean.

I due uomini discutevano sottovoce, ma dal linguaggio del corpo riuscivo a dedurre che Leo fosse preoccupato e Sean nervoso. Dopo un po' il dottore si rilassò: a quanto pareva avevano deciso di non fare intervenire i Servizi sociali, ed era solo merito di Leo.

Daisy mi salì sulle ginocchia e si rannicchiò contro di me.

"Hai lo stesso odore di Papà B," mormorò contro la mia pelle. Poi aggiunse, stanca. "Non mi piace."

"Mi dispiace, Daisy," dissi altrettanto piano. Mi serviva una doccia, o almeno dovevo lavarmi la faccia e indossare vestiti puliti. Ma senza soldi, bloccato a San Diego in cerca di un posto dove potermi nascondere, con Billy che mi dava la caccia e Rain in ospedale, ero in trappola.

E, cosa peggiore di tutte, lo era anche Daisy.

Capitolo Sette

Leo

Jason e Daisy si abbracciarono e nel giro di pochi minuti caddero entrambi addormentati. Nel caso di Jason, forse era meglio parlare di una specie di svenimento, anche se Sean non si precipitò al suo fianco chiedendomi di chiamare l'ambulanza.

Restammo lì a guardarli fino a che dissi: "Ha salvato Eric." Sarà stata la decima volta che lo ripetevo. "Gli dobbiamo…"

"Rispetto, una possibilità, l'opzione di poter venire da noi in cerca di aiuto. Lo hai già detto, *San Leo*."

Gli tirai una gomitata nel fianco. "Che problema hai, stronzo?"

"Preoccuparmi è il mio mestiere."

"In effetti sarebbe il *mio* mestiere. Mi pagano apposta."

"Io però mi preoccupo per te," fece notare Sean.

"Fa' come ti pare," tagliai corto, ma battemmo il

pugno per rassicurarci che non erano le parole brusche che ci rivolgevamo a guidare le nostre azioni. Ovvio che Sean fosse preoccupato, ma ero io il poliziotto, anche se il mio dovere andava a scontrarsi con quel lato stupidamente protettivo del mio carattere che mi spingeva a voler difendere i due fuggitivi.

"Sono addestrato per situazioni come questa," gli ricordai.

"Sei addestrato a saper gestire un ex detenuto che ti piomba in casa coperto di sangue insieme a una bambina forse rapita?" chiese Sean incredulo.

"Però ho..." Mi toccai il petto. "Qualcosa qui dentro mi dice che dobbiamo mantenere la calma e che saprò cavarmela."

Sean imprecò sottovoce. "Come vuoi, ma da qualche parte là fuori c'è la persona che lo ha ridotto così." Si toccò la gola. "Hai visto i segni che ha sul collo? Non voglio dire che abbiano cercato di strangolarlo, ma... Dio...e i tagli sono superficiali, non causati da un coltello, forse solo dal pestaggio." Sean li aveva coperti con dei cerotti per fermare il sangue poco prima che Jason chiudesse gli occhi e si addormentasse. "Quello che ha sul collo però è infetto quindi ti lascio qualche antibiotico, ma non posso fare a meno di chiedermi che diavolo gli è successo."

"Proverò a convincerlo a parlare."

"Potrebbe trattarsi del classico caso di rapimento di minore."

"Non credo." Per qualche ragione ero certo che ci fosse altro, anche se non avrei saputo spiegare da dove nascesse quella certezza. "Ho controllato e nessuno ha denunciato la scomparsa di una bambina. E comunque…"

Mi conosceva bene e sapeva che non avevo tralasciato di prendere le mie informazioni sulla possibile scomparsa di un uomo e un bambina, ma non c'era nulla. Come me, faceva parte anche lui del primo soccorso quindi aveva assistito a ogni tipo di bruttura, ma, proprio come me, si affidava all'istinto e all'esperienza per decidere se e quando fosse il caso di intervenire.

Sean mi guardò prima serio, poi con pietà e all'improvviso capii dove volesse arrivare. Avrebbe cominciato a parlare della mia infanzia, degli anni che avevano preceduto l'adozione da parte della famiglia Byrne. No, no, no, non avevo nessuna intenzione di affrontare quell'argomento e di certo non avevo sbattuto Jason contro un muro perché Daisy era sporca di sangue e mi aveva ricordato il mio passato. O perché, in ogni caso, mi aveva riportato alla memoria casi di abusi su minori.

Chi voglio prendere in giro? È proprio per quello che ho reagito in quel modo.

Sean inarcò un sopracciglio, riuscendo in un solo gesto a trasmettermi la sua comprensione, accettazione e anche una piccola dose di ironico *che diavolo stai facendo?*

Qualche volta era una gran rottura avere amici che ti conoscevano fin troppo bene. Per fortuna che né lui né Eric sapevano proprio ogni dettaglio.

"Quindi hai controllato tutto?" mi chiese di nuovo.

"Sì, e non c'è niente che lo colleghi a qualche crimine. C'è stato un accoltellamento a Cove, tre sparatorie a Bird Rock, due rapine sulla Quinta che forse sono collegate, un furto d'auto in periferia, un paio di furti con scasso. Oltre a questo, non si è verificato nulla di anomalo nelle ultime settantadue ore."

"Jason e Daisy hanno bisogno di un posto dove stare," lanciò là Sean, guardandomi negli occhi e aspettando che facessi la mia mossa.

Certo che avrei offerto loro un rifugio, c'era da chiederlo? Cercavo in tutti i modi di essere un brav'uomo e di mettere in pratica quello che la vita mi aveva insegnato. Facevo del mio meglio per aiutare il prossimo, ma c'era qualcosa in Jason che mi confondeva, e dal momento che lui era ferito mi chiesi se non avrebbe fatto meglio ad andare con Sean.

Perché ero così combattuto?

Forse perché quando ci eravamo visti alla cerimonia mi ero sentito attratto da lui? Come era potuto succedere? Com'era possibile che un poliziotto trovasse sexy un detenuto? O forse dipendeva dal fatto che quel giorno mi ero trovato davanti qualcuno che non cercava le luci della ribalta? O magari erano i suoi occhi color zaffiro, così pieni di mistero. Comunque fosse, lui per me rappresentava un pericolo, su quello non c'erano dubbi.

Era vero che il mio era un Dio di amore e compassione, ma io ero anche un poliziotto e qualche volta il bianco e il nero erano tali, e basta.

Jason era un ex galeotto e si trovava in casa mia, sporco di sangue e con lo stesso odore di un sacco di spazzatura vecchio di una settimana. C'era una bambina insieme a lui, e la stringeva come se temesse che gliel'avremmo portata via. Cosa aveva fatto per meritare di essere picchiato? Perché era la prima volta che sentivo parlare di una figlia? Mi ero documentato su di lui: nato in una famiglia tutt'altro che benestante di Seattle, aveva una mente brillante e se la cavava molto bene con i computer, tanto che aveva cominciato ad hackerare molto giovane. Era stato il batterista in una band di LA e quando la sua vita aveva dato l'impressione di imboccare il giusto binario, era stato coinvolto in un crimine che all'apparenza non aveva senso.

Mi massaggiai il ponte del naso. "Questa in parte è ancora casa di Eric." A dire la verità ne possedeva la metà, mentre l'altra metà era divisa tra me e Sean. "E lui vorrebbe che permettessimo a Jason di rimanere e se tu dici che da un punto di vista medico…"

Sean sospirò. "Fisicamente non ha niente che richieda una visita all'ospedale, ma mentalmente è al limite, e se aggiungi Daisy, il fatto che abbia paura e stia chiedendo aiuto, credo che tu abbia tra le mani più un problema di sicurezza che medico. Quindi è più il tuo campo."

"Capito."

"La bambina invece potrebbe aver bisogno di un diverso tipo di supporto, magari psicologico. Non dovremmo sottovalutarlo."

"Conosci nessuno di cui potersi fidare?"

Si soffermò qualche istante a pensare. "Ho un paio di idee. Dammi il tempo di riflettere."

"Okay."

"Inoltre, cazzo, non so come dirlo… Dovresti

comportarti in modo distaccato, senza lasciare che certe... *cose*... influenzino il tuo giudizio."

Mi rivolse il suo ormai ben noto sguardo, quello che solo Eric e io conoscevamo bene e che non conteneva giudizi di sorta, ma anzi ci esortava in silenzio a tirare fuori il meglio di noi. Poi interpretò il mio silenzio come un incoraggiamento a proseguire nel suo tentativo di convincermi a osservare la situazione da un altro punto di vista.

"Non lascerò che le *cose* influenzino le mie scelte," mentii io alla fine. Dopotutto erano state le esperienze avute da bambino e poi l'adozione da parte dei Byrne a rendermi quello che ero. "Inoltre, Eric vorrebbe che ci prendessimo cura di loro."

"Eric è un orsacchiotto dal cuore tenero che vorrebbe che tutti avessero una casa," mi fece notare Sean, ma io sapevo di essere lo stesso quando si trattava di Jason e di sua figlia. Alla faccia del poliziotto duro e cattivo.

"Sì, ma Eric lo farebbe *anche* parlare e si farebbe raccontare che diavolo sta succedendo," dissi.

Sean incrociò le braccia. "Sì, be', Eric è un'idiota che va incontro al fuoco, perché mai uno dovrebbe pensare di prenderlo come esempio?"

"Disse quello che ha convinto un tizio che era entrato armato al Pronto soccorso a posare la pistola."

"Stavo solo facendo il mio lavoro," ribatté Sean con un sorriso e una strizzata d'occhio. "Eric cammina in mezzo al fuoco, tu mangi le ciambelle e io sono uno stramaledetto eroe a tutto tondo. In ogni caso, mi stai prendendo per il culo."

"Spero almeno che ti piaccia."

Sean mi fece di nuovo l'occhiolino. "Preferisco quando lo fa Ash."

"Eric offrirebbe loro un posto dove stare," ripetei dopo una pausa. "Jason gli ha salvato la vita e io non ho intenzione di cacciarlo fuori di casa."

Guardammo entrambi il ragazzo rannicchiato sul divano insieme a Daisy. La bambina aveva gli occhi aperti e ci guardava, le manine strette alla maglietta del padre. Non lo lasciava mai, e a cosa sarebbe servito portarli in Centrale o all'ospedale per interrogarli? A chi avrebbe portato giovamento?

A te, suggerì il mio inconscio. *Ti sentiresti meglio perché sei un poliziotto e in quanto tale devi attenerti alla legge.* Spostai lo sguardo sul soffitto come se potessi trovarvi le risposte che cercavo.

"Non sono sicuro che la preghiera sia la soluzione adatta," mi fece notare Sean e io gli tirai una gomitata. "Che pensi di fare?"

"Potrebbe stare da te. Io sono un poliziotto e forse non dovrei ospitare un ex-carcerato." *Specialmente quando detto ex-carcerato mi attrae da morire e mi manda in confusione.*

"Ti ricordi che questa settimana aspettiamo una visita a sorpresa, vero?" rispose lui inarcando un sopracciglio, il suo modo per dire: *non pensarci nemmeno*. Aveva ragione, i Servizi sociali avrebbero potuto presentarsi in qualsiasi momento per valutare la loro quotidianità. Era uno dei requisiti del processo di adozione che avevano intrapreso. Jason e Daisy non avevano nessun posto dove andare, quindi perché diavolo continuavo a tentennare? C'erano due alternative: o chiamavo qualcuno o mettevo da parte i miei dubbi e mi comportavo da brava persona.

Sono una brava persona.

Riportai lo sguardo sui due fuggitivi e la mia coscienza ebbe un guizzo, ma non potevo ignorare quella sensazione di fiducia che continuava a far capolino nei miei pensieri, così come non potevo ignorare la compassione per due persone che avevano bisogno di aiuto. Il mio carattere era più propenso a vedere il bianco o il nero delle situazioni, ma una piccola parte di me avrebbe dovuto accettare il grigio per quella sera, o almeno finché Eric non fosse tornato.

"Li farò dormire nella tua vecchia stanza," dissi, pregando dentro di me di non fare la cosa sbagliata. "Ma dobbiamo metterci in contatto con Eric il prima possibile."

"Vuoi che resti qui nel caso tu abbia bisogno?" mi domandò Sean, il viso una maschera di impassibilità, e per tutta risposta io lo spinsi verso la porta.

"Sono perfettamente in grado di gestire un tizio male in arnese e la sua minuscola figlioletta. Ora fuori dai piedi. Va' a limonare con Ash." Aggiunsi una smorfia e vidi l'espressione di Sean aprirsi in un sorriso al solo sentir nominare suo marito.

"Sei geloso," ribatté strizzandomi l'occhio prima di uscire sul patio. Gli mostrai il terzo dito e lui sorrise tutto gongolante. "Gelosissimo."

Ero bravo a far ridere le persone, e comunque sì, un po' geloso lo ero. Quindi?

Gli afferrai il braccio. "Aspetta, non mi hai detto come è andata con l'agenzia."

Sean annuì come fosse una risposta sufficiente, poi aggiunse: "Bene. Tutto bene."

"Se vi serve qualcosa…"

Lui fece finta di fraintendere la mia offerta di provvedere a qualsiasi cosa potesse aiutarlo ad adottare più di un bambino. "Potrebbe aiutare se tu volessi minacciare quelli dei Servizi sociali di sommergerli di multe, nel caso dovessero metterci i bastono fra le ruote."

"Ciao, stronzo," lo salutai prima di chiudergli la porta in faccia. "Chi ha bisogno di amici…"

Mi voltai e mi trovai davanti Jason. Aveva in spalla il suo borsone e teneva Daisy per mano, come se fossero pronti ad andare via.

"Restate. Dovete mangiare e io ho la pizza," borbottai prima che il ragazzo dicesse perché pensava che li avrei mandati via. "Cioè, posso ordinarla." Mi chinai quanto possibile verso Daisy, considerato che avevo una gamba ingessata, e lei mi guardò con quella sua espressione ostinata. "Come la preferisci?"

"Salame e funghi," mormorò lei dopo aver scoccato un'occhiata al padre, che annuì.

"Bene, salame e funghi sia." Mi rimisi dritto. "Jason?"

"Non ho fame," rispose lui, ma si portò la mano alla tasca come se dovesse cercare il portafoglio, anche se dubitavo che avesse dei soldi. Dopotutto era venuto a casa mia in cerca di Eric e di un posto in cui stare.

"Offro io," dissi, dandogli le spalle e prendendo il menù dal cassetto del mobiletto all'ingresso. "Ho dei coupon," mentii. "So che si può ordinare online, ma c'è qualcosa di rassicurante nello stringere in mano un menù, non è vero?" Mi voltai a guardarlo e lo vidi annuire, anche se prestò pochissima attenzione al menù.

"Lo stesso di Daisy."

Rientrava nella categoria tale-padre-tale-figlio o stava cercando di rendermi le cose più facili? In ogni caso, non avevo intenzione di discutere, perché c'erano cose più importanti di cui occuparsi.

"Okay, ordino subito. Intanto mangiate questi," dissi, passandogli un pacchetto di biscotti. Mia madre sarebbe svenuta a vederli piluccare prima di cena, ma a mali estremi, estremi rimedi e Jason sembrava si reggesse in piedi per miracolo. "Considerateli un antipasto. Vi serviranno finché non arriva la pizza." Gli passai anche due banane, che lui mise sopra la scatola. "Ti faccio vedere la tua stanza. Immagino che vorrai Daisy con te, vero? Il letto è grande e posso darti dei cuscini da mettere ai lati, oppure possiamo prendere il divano letto che è nella camera di Eric."

Andai verso le scale, dandogli la possibilità di scappare, se l'avesse voluto. Non che glielo avrei permesso, o perlomeno se anche fosse successo lo avrei seguito. Aveva bisogno di aiuto, quello era certo.

"Vuoi davvero che restiamo?" Sembrava confuso e io capii in quell'esatto momento che aveva deciso di andare via, ma non volevo di dargli l'opportunità di pensare che non l'avrei aiutato.

"Eric vorrebbe che rimaneste, e finché non torna avrete un letto e un posto sicuro in cui stare. Andiamo, su."

Mi avviai lentamente su per le scale chiedendomi se

mi avrebbero seguito. Avrei voluto credere che non mi importasse, ma in verità quando sentii i loro passi alle spalle, tirai un impercettibile sospiro di sollievo. La stanza da letto con bagno annesso era stata quella di Sean e aveva ancora il letto e i mobili, ma non la biancheria. Jason appoggiò il suo borsone sul pavimento, ma non lasciò andare la mano di Daisy. Cominciai a parlare cercando di metterli a loro agio.

"Adesso vi prendo le lenzuola e tutto il resto. Intanto, lì c'è il bagno." Toccai la serratura. "Potete anche chiudere a chiave, se preferite, ma prima vi porto alcune cose."

Andai in camera mia e presi un paio di pantaloni in maglia, una T-shirt, un rasoio, detergenti vari, tra cui il bagnoschiuma di Mia che faceva un sacco di bolle, asciugamani puliti, e portai il tutto in camera loro, posandolo sul letto.

"Quando scendete ordinerò la cena, quindi fate con calma.

Jason mi seguì fino alla porta, mi ringraziò, poi chiuse immediatamente a chiave.

Eccoci dunque: avevo in casa un tizio confuso e nei guai, una bambina spaventata, non riuscivo a mettermi in contatto con Eric e il poliziotto dentro di me era in stato di allarme.

Per fortuna che avrei dovuto prendere le cose con calma.

Capitolo Otto

Jason

Mi appoggiai alla porta e scivolai fino a sedermi sul pavimento. Daisy mi imitò e si mise a gambe incrociate, l'espressione serissima. Avevo programmato per filo e per segno cosa avrei fatto una volta fuori di prigione. Innanzi tutto, non avrei perso nessuno degli incontri post-scarcerazione, così da apparire a tutti gli effetti il perfetto ex-carcerato riabilitato, poi sarei andato da Eric e gli avrei chiesto il numero del suo amico Leo per dirgli che poteva prendere quel bacio di cui tanto si era pentito e ficcarselo là dove non batte il sole e che io, ex-galeotto o no, ero una persona che aveva un valore e uno scopo nella vita.

Fatto ciò, sarei andato nel piccolo paesino di Hill Valley in Vermont, dove pensavo che Daisy vivesse felice e contenta insieme a sua madre Rain. Niente e nessuno avrebbe potuto impedirmi di vederla.

Tranne l'FBI, che mi aveva raggiunto la mattina in cui ero uscito dal carcere.

Avevo pianificato tutto, Eric, Leo, l'autorizzazione della persona che avrebbe dovuto seguire la mia riabilitazione, trovare mia figlia, iniziare una nuova vita e, chi lo sa, forse anche andare al college. Di sicuro sarei stato lontano dai computer, forse avrei potuto studiare per diventare meccanico e avrei ripreso a suonare la batteria in una piccola band locale. Mi sarei costruito un futuro sulla East Coast, dove le stagioni cambiavano e in autunno le foglie diventavano rosse e oro.

Non come lì a San Diego, dove un ottobre caldo era scivolato verso un novembre solo leggermente meno caldo, e dove gli incendi continuavano a essere un pericolo. Ero cresciuto sulla West Coast e avevo vissuto tutta la mia vita sotto il sole della California, patendo le peggiori siccità e i peggiori incendi. Avevo anche trascorso tanti bei fine settimana sulla spiaggia, il che era un elemento positivo, ma era arrivato il momento di un cambio radicale. Un posto fresco, tranquillo e silenzioso dove potessi riavvicinarmi a me stesso ed essere coinvolto nella vita di Daisy.

L'ultima cosa che mi sarei aspettata era di trovarmi a chiedere l'aiuto di qualcuno che neanche conoscevo tanto bene.

"Restiamo qui, papà?" mi chiese Daisy, con quel suo tono di bambina adulta. Era preoccupata e mi guardava alla ricerca di risposte che non avevo.

Magari le avessi avute.

"Per un po' credo di sì. È un bel posto, no?"

Lei rimase pensierosa per qualche momento. "I

giocattoli mi piacciono," disse alla fine, come se intuisse quanto bisogno avessi di essere rassicurato.

Dovevo trovare aiuto per Daisy. Non sapevo di cosa fosse stata spettatrice, perciò uno psicologo infantile era diventato un'altra priorità. Anche Hill Valley, Vermont, era ancora nella lista di cose da fare, ma piuttosto in basso: prima dovevo portare Daisy in salvo e aiutarla a riprendersi la sua infanzia.

Per ora, comunque, potevo respirare. Eravamo in una casa dove Billy non ci avrebbe rintracciato. E c'era un poliziotto con noi.

Un poliziotto che una volta si era lasciato sopraffare dalla gratitudine e mi aveva baciato per farmi smettere di parlare e poi si era allontanato e mi aveva guardato come se fossi una schifezza appena uscita dalle fogne.

Chi voglio prendere in giro. In questo momento ci sono ancora, nella merda.

"Allora penso che resteremo e ti prepareremo un bel nido in cui dormire."

"Non sono un uccello, sciocchino," disse lei con un sorriso.

Mi piaceva quando mi sorrideva in quel modo, serena e con uno sguardo limpido. Emisi una sorta di stridio, poi creai una specie di becco con le dita e le solleticai il pancino. Lei rise, saltò in piedi e corse fino al letto.

Io feci scrocchiare il collo e mi guardai intorno. La stanza era arredata con un grande letto di legno e uno spesso materasso dove Daisy avrebbe potuto dormire senza il pericolo di cadere. Due larghe finestre poste su pareti adiacenti lasciavano filtrare una calda luce naturale da dietro le tende sottili, e tutto era azzurro, dalle pareti al folto tappeto su cui ero seduto. Oltre al letto, c'erano due cassettoni e due armadi a muro. Era un posto più che sicuro per Daisy al momento, altro non mi interessava.

"Quindi questa è la nostra stanza?" mi chiese di nuovo, chiaramente in cerca di rassicurazioni.

"Sì, carotina, per ora è la nostra stanza."

"E poi avremo una nuova casa, vero?"

"Esatto. Faremo proprio così, ma prima che ne dici di un bel bagno? Quando avrai finito, farò anche io una doccia."

Daisy prese il bagnoschiuma rosa e andò dritta in bagno. Io la seguii con una smorfia: mi facevano male la gamba, le spalle, la testa e mi sentivo debole. Nonostante ciò, l'aiutai ad aprire l'acqua e a riempire la vasca di schiuma fin quasi al punto di vederla tracimare.

Daisy era una bambina molto indipendente, capace di farsi il bagno da sola, prepararsi i cereali, imburrare i toast. Avevo paura di chiedermi perché avesse dovuto imparare tutte quelle cose alla sua età, considerato che fino a poche settimane prima ero stato convinto che conducesse una vita tranquilla e regolare.

Oddio, regolare era una parola grossa trattandosi di Rain, ma almeno ci aveva provato finché i soldi non erano finiti. Perché sì, era stata capace di spendere tutto il quarto di milione di dollari che aveva rubato per rifarsi una vita.

Un pochino alla volta, cento qua e mille là, negli anni che io avevo trascorso in prigione lei aveva seccato tutto. All'inizio aveva mantenuto la promessa:

era andata a est, aveva comprato una casa e cominciato una nuova vita. Aveva persino cercato di disintossicarsi, ma credo che presto si fosse stancata e avesse ripreso i vecchi vizi, spendendo tutto in droga e qualunque altra cosa attirasse la sua attenzione. Aveva incontrato un tizio che si chiamava Billy, di più non sapevo, e quando i soldi erano finiti e il gentiluomo si era dimostrato tutt'altro che gentile, era tornata all'ovile.

Il che voleva dire che era tornata da Silas, suo padre. Il nonno di Daisy era infatti uno degli uomini più potenti di Los Angeles, e aveva dedicato la propria vita ad abusare di detto potere. Io avevo fatto del mio meglio per allontanare Rain da quell'ambiente, ma non era servito.

"Stai bene, papà?"

La guardai: era seduta nella vasca e aveva la schiuma fin sopra la testa, il bagno completamente impregnato dell'odore di fragole.

"Certo, e tu?" Sciacquai il rasoio nel lavandino e trattenni il fiato in attesa della sua risposta. Lo specchio era completamente appannato dal vapore, ma ero capace di radermi usando solo il tatto – incredibili le capacità che uno affina in prigione – e ogni volta che le mie dita passavano sulla pelle liscia, mi sentivo sempre meno il Jason che aveva fatto di nuovo casino e sempre più un uomo a cui era rimasta almeno un po' di speranza.

"Sì," disse lei e io le sorrisi, sperando con tutto me stesso che non riuscisse a leggere quello che si nascondeva dietro la maschera.

Seguì una lunga pausa, un po' di sciaguattamento e poi mi arrivò di nuovo la sua voce sottile.

"Papà?"

"Sì?" Daisy aveva sempre un milione di domande, ma io mi assicuravo di rispondere a tutte perché volevo che sapesse che le sue parole contavano.

"Posso avere un cucciolo?"

"Un cucciolo?"

"Nella casa nuova."

"Certo." Le avrei promesso il mondo e poi avrei anche fatto il possibile per farglielo avere.

"E un gattino?" aggiunse lei speranzosa.

"Sei sicura che poi andranno d'accordo?"

"Solo un cucciolo, allora," decise. "E un albero perché presto sarà Natale. E il mio compleanno. Quest'anno ho quattro anni."

La mano mi tremò nel sentire la speranza nella sua voce. Non sapevo come avesse vissuto, ma avevo dato per scontato che Rain le avesse almeno dato cose normalissime come feste di compleanno e alberi di Natale. "Certo."

Avevo dato per scontate troppe cose a quanto pareva.

"Sì, un cucciolo e regali e un grosso giardino dove giocare, e potrai farti degli amici a scuola e saremo una famiglia."

"Potrò avere anche il mio Gino Riccio e la mia Lulu?"

"Ovvio."

Daisy mi sorrise e io sentii una nuova crepa formarsi nel mio cuore. In quello stesso momento il telefono usa e getta vibrò. Lo presi e uscii dal bagno, asciugandomi il viso con un asciugamano mentre camminavo. Risposi al terzo squillo.

"Tutto bene?" chiese Austin, l'agente Federale che aveva allo stesso tempo salvato e distrutto la mia vita. Era stato lui a darmi il telefono, quindi sapevo che poteva rintracciarmi e scoprire dove mi trovassi. Però non era venuto a prendermi. Invece mi aveva telefonato e io gliene ero grato, almeno in parte. Sembrava preoccupato, anche se temevo che fosse un po' troppo tardi ormai. Quando quella storia era cominciata, mi aveva detto che sarebbe andato tutto bene, invece si era sbagliato alla grande. Non importava che Silas fosse in prigione, nessuno aveva pensato di controllare Rain o proteggere Daisy o impedire a Billy di darmi la caccia.

"Siamo al sicuro," dissi.

"È un gran casino," mormorò Austin. "Perché non sei venuto da me?"

Non riuscii a trattenere una risatina di scherno e un'imprecazione. "Credevi che avrei portato mia figlia da te?"

Il suo tono si addolcì. "Mi dispiace, Jason." Non era il bastardo che la gente pensava che fosse, e anche se voleva averla vinta con Silas, non avrebbe mai messo volontariamente Daisy in pericolo. "Come sta Daisy?"

"Ha paura, è stanca, non capisce perché sua madre sia in coma, è terrorizzata che qualcuno possa cercare di uccidermi di nuovo e la riporti in Vermont da Billy."

Ci fu una lunga pausa, il che significava che Austin stava pensando, oppure chiedeva consiglio a qualcuno.

"Hai fatto la tua parte. Silas è in attesa di giudizio e

troveremo Billy per metterlo dentro per quello che ti ha fatto. Resta dove sei e non farti notare. Ti raggiungerò presto."

"Quanto presto?"

"Presto, te lo prometto."

Come al solito una non-risposta, molto simile a quelle che mi ero abituato a ricevere dalla squadra che stava cercando di smantellare le operazioni di Silas in California. Droga, traffico di esseri umani e un sacco di altre cose da cui volevo che Daisy stesse il più lontano possibile. Avrei potuto fare altre domande, ma non volevo proseguire quella conversazione, non lo sopportavo. Chiusi la chiamata prima che lo facesse lui, poi sedetti a fissare l'apparecchio.

"Papà?" mi chiamò Daisy.

"Arrivo." Tornai in bagno e raccolsi la spugna che le era caduta fuori dalla vasca, poi ripresi la rasatura, passando con delicatezza sopra i tagli e i lividi, consapevole che avrei ricominciato a sanguinare, ma ansioso di sentirmi di nuovo pulito. Mi sciacquai il viso e quando alzai lo sguardo vidi che Daisy era appoggiata al bordo della vasca, il mento posato sulle mani.

"La mamma non verrà nella nuova casa insieme a noi, il cagnolino e l'albero, vero?" chiese.

Quando avevo lasciato l'ospedale prendendole dei vestiti e un peluche, mi ero ripromesso di essere sempre sincero con lei, ma come facevo a spiegarle che sua madre era in coma e che forse non si sarebbe svegliata mai più?

"Non credo," risposi evasivo. Non avevo neanche

idea di quanto un bambino di quell'età potesse capire la morte.

"Va tutto bene, papà, non essere triste. La mamma è felice di dormire perché quando era sveglia piangeva sempre," mi consolò lei con un atteggiamento molto più adulto di quanto ci si potesse aspettare da una bambina della sua età. Poi si alzò, coperta di schiuma dalla testa ai piedi, aspettando che l'avvolgessi nell'asciugamano e la deponessi a terra. Sembrava molto pratica per ciò che riguardava Rain, ma non ero sicuro che afferrasse fino in fondo quello che stava succedendo, e io non me la sentivo di spiegarglielo.

"Lo so, carotina."

Daisy tolse il tappo alla vasca, poi andò in camera. "Io mi vesto," annunciò. "Tu cosa fai?"

"Faccio una doccia," risposi e ci sorridemmo.

Assomigliava tantissimo a mia sorella, o almeno al ricordo che avevo di lei quando eravamo piccoli e prima che mandassi tutto a puttane. Dubitavo che Daisy avrebbe mai conosciuto zia Susie o i suoi nonni, e mi dispiaceva da morire, ma non potevo trascinare anche loro in mezzo a tutto quel casino.

Presi la chiave, lasciai la porta del bagno accostata nel caso Daisy avesse avuto bisogno e feci la doccia a tempo di record.

L'acqua era calda, il sapone mi aiutò a sciogliere la sporcizia e quando emersi di nuovo in camera mi sentivo più umano, nonostante la testa mi girasse e avessi lasciato macchie di sangue sugli asciugamani azzurri. Due biscotti mi aiutarono a scongiurare il pericolo di svenire da un momento all'altro. Dopo essermi vestito avevo l'impressione di poter di nuovo affrontare il mondo, o quantomeno una figlia con un sacco di domande.

La tuta che mi aveva prestato Leo mi stava grande – lui era più alto e massiccio di me – ma strinsi la cordicella fino ad adattarla alla mia vita, il che fu un bene perché non avevo biancheria, considerato che i boxer che indossavo prima erano stati lavati e adesso si stavano asciugando nella doccia. Mi augurai che ci mettessero poco, ma in ogni caso dovevo cominciare a pensare a cosa ci sarebbe servito da lì in avanti per vivere. Il resto delle mie cose, jeans e maglietta, erano irrecuperabili, ma una visita a qualche opera pia mi avrebbe aiutato a risolvere il problema, e se magari ne avessi trovata a un paio di dollari avrei persino potuto comprare della biancheria nuova. Mi serviva anche un lavoro con paga in contanti, o perlomeno un'idea di cosa fare da quel momento in poi. Dopotutto, avevo promesso a Daisy una casa, un cane e un albero di Natale!

Mi sembra di vivere nel paese delle fate.

Perlomeno mancava ancora più di un mese a Natale e al ventitré dicembre, giorno del suo compleanno, così cercai di essere quanto più ottimista possibile e mi ripromisi di riuscire a mettere le cose a posto per allora. Magari sarebbe anche stato possibile. Austin aveva usato il materiale che avevo rubato dai computer di Silas per inchiodarlo, e il bastardo sarebbe rimasto parecchio in prigione. Ora gli restava solo da rintracciare Billy e a quel punto io e Daisy saremmo stati liberi, e anche con diverse settimane di anticipo rispetto a quanto mi aveva promesso.

La maglietta che indossai era scolorita e consumata e, ironia della sorte, aveva impresso sul davanti il logo della polizia di San Diego. Due mesi prima, quando ero uscito di prigione, avevo giurato a me stesso che non avrei mai più avuto niente a che fare con la polizia, e guardatemi ora: ero a casa di un poliziotto, indossavo i suoi vestiti e vivevo della sua carità.

"Vorrei che quello che è successo con la mamma e papà B restasse un segreto tra me e te, va bene?" Non mi piaceva per niente associare il nome di Billy a quello di papà, ma era così che lo chiamava lei, e per il momento dovevo farmelo andare bene. Una parte di me sperava che lo avrebbe dimenticato, anche se non avrei saputo dire se sarebbe stato possibile. I miei ricordi di quando avevo quattro anni consistevano principalmente in momenti di gioco al parco vicino a casa, di giornate scaldate dal sole e trascorse nel ruscello quasi sempre secco. Speravo che un giorno Daisy avrebbe ricordato che avevo fatto di tutto per tenerla al sicuro e che c'ero sempre stato per lei.

Mi guardò con la coda dell'occhio e fece un verso impaziente che non si addiceva per nulla a una bambina della sua età. "Non lo dirò a nessuno," mormorò, poi si avvicinò e intrecciò le dita alle mie. "Non voglio vederlo mai più."

"Non dovrai," dissi con decisione. "Mai, mai più."

Il rumore di qualcuno che bussava alla porta rovinò l'intimità del nostro piccolo mondo e fece trasalire la mia piccolina per lo spavento.

"Ragazzi, come va? Posso ordinare la pizza?"

Daisy annuì e si massaggiò la pancia.

"Sì, grazie," risposi, consapevole che non potevamo più nasconderci.

Feci una palla con i vestiti sporchi e li misi in una busta di plastica, che portai giù con noi. Leo ci dava le spalle e stava aprendo una busta di insalata.

"Arriverà tra mezz'ora," disse senza guardarci. "Intanto volete qualcosa da bere?"

"L'acqua va bene, grazie," risposi io per entrambi.

Lui finì di riempire la ciotola di lattuga, poi andò al frigorifero e guardò dentro. Prese una bottiglia d'acqua e me la mise davanti, ma non portò niente per Daisy.

"Ho del latte al cioccolato. Ne vorresti un po' se il tuo papà dice che va bene?" Parlò direttamente a lei, e la sentii tremare leggermente sullo sgabello. Le misi una mano dietro alla schiena per sicurezza, ma mi sembrava abbastanza stabile per il momento.

"Sì," mormorò. E io, come un genitore navigato, mi chinai su di lei per sussurrarle all'orecchio: "E…?"

"Grazie," aggiunse lei, lanciandomi una di quelle occhiate alla Daisy che mi strappavano sempre un sorriso.

Siccome non avevo detto nulla, pensavo di aver dato il mio tacito consenso, ma Leo mi guardò in attesa.

"Va bene," acconsentii e lui mi sorrise.

Se solo non fosse stato un poliziotto.

Se solo avessi potuto fidarmi di lui.

Capitolo Nove

Leo

Cenammo praticamente in silenzio, mentre io ero abituato a Mia che non faceva altro che blaterare su tutto. Diversamente da lei, che era un agglomerato di energia, Daisy mangiava lentamente e con attenzione, senza proferire parola. Non c'era segno dell'ostinazione di poco prima, né della sicurezza che l'aveva spinta a urlarmi contro, anche se mi guardava spesso, a volte male, altre solo confusa.

Confusione, rabbia, silenzio. La capivo.

Non ricordavo il giorno in cui la famiglia Byrne mi aveva portato a casa. Avevo solo sei anni, ma la mia testa traboccava di ricordi delle cose che avevo visto e fatto. Quello che sapevo era che un attimo prima ero nella casa-famiglia e quello dopo ero il secondo figlio adottivo dei signori Byrne, e non ci capivo più niente. Una volta entrato a far parte della famiglia, lei una mamma cattolica di origini italiane, lui un ex poliziotto di New York, tutto era cambiato dalla sera alla mattina.

La mamma, però, parlava spesso di quanto fossi stato silenzioso nelle settimane che avevano seguito il mio arrivo.

Ero un bambino impaurito che aveva cose più gravi a cui pensare che parlare con un ragazzino strano di nome Reid che affermava di essere mio fratello maggiore, o con una donna che voleva rimpinzarmi di roba da mangiare, o un uomo che ripeteva che dovevo essere rispettoso. Non volevo un fratello, o del cibo o essere educato. Avrei voluto urlare, strillare e prendermela con il mondo, ma tenevo quei pensieri dentro la mia testa, dietro le sbarre della paura, e lì erano rimasti per molto tempo.

Fino a che non avevano adottato il terzo figlio, e Jax, con i suoi capelli rosso scuro e gli occhi sgranati dalla sorpresa, era atterrato in casa nostra. A quel punto era stato il mio turno di mostrarmi coraggioso, di dirgli che andava tutto bene, che doveva accettare di avere due fratelli maggiori, che doveva mangiare tutto quello che la mamma cucinava e sì, che doveva anche portare rispetto.

In qualche modo, nel mezzo della follia di quella famiglia numerosa – i cugini erano così tanti da riuscire a stento a tenerne il conto – la confusione dentro la mia testa si era calmata e avevo cominciato a parlare di più. Non che fossi diventato un chiacchierone, o sicuro di me come lo era Reid, oppure sempre sorridente come Jax. Infine era arrivata Lorna, l'ultima aggiunta e l'unica ragazza, e io avevo trovato il mio posto in famiglia.

Avevo trovato un Dio al quale sembravo piacere, persone che mi volevano con loro, e piano piano il mio cuore aveva cominciato a guarire.

Ma Daisy, seduta in silenzio nella mia cucina e concentrata sulla sua cena, era un paio di passi indietro. Nonostante gli scatti dovuti al suo carattere forte, era solo una bambina che se ne stava appiccicata al padre. Quella cosa un po' mi confondeva: stava chiedendo o offrendo conforto?

Per quanto riguardava Jason, si era limitato a rispondere alle domande dirette, come ad esempio cosa pensasse del cibo o del tempo. Nessuno avrebbe mai potuto chiamarlo un gran conversatore, e neanche me del resto.

"Ho del gelato," annunciai mentre raccoglievo i piatti da mettere in lavastoviglie. Sentii dei bisbigli alle mie spalle, ma non mi voltai: era probabile che avessero bisogno di un po' di tempo da soli per dare un senso a quello che stava succedendo.

"Siamo stanchi," disse Jason. "Se per te va bene, andiamo di sopra."

Erano solo le sei, ma annuii. "Sono qui se vuoi tornare giù per parlare un po'," offrii, anche se dentro di me sapevo che non sarebbe sceso. "Potete restare finché volete," aggiunsi.

Jason evitò il mio sguardo, poi prese Daisy e salirono nella loro camera. Io finii di riordinare la cucina, chiamai Brady per fare due chiacchiere perché sapevo che sentiva la mancanza di Eric e parlammo di quanto il fuoco stesse avanzando velocemente. Le immagini dell'incendio erano dappertutto, le sagome dei vigneti contro il rosso e l'oro delle fiamme, e quelle dei pompieri esausti. C'era un caldo anomalo e la California era ancora nella morsa del fuoco, anche se nessuno dei due ebbe il coraggio di ammetterlo a voce alta.

Eric sarebbe stato bene.

Doveva stare bene.

Non insistei più di tanto perché il nervosismo era evidente nel tono di Brady, soprattutto alla luce di quanto successo solo pochi mesi prima.

Dopo aver riagganciato non sapevo più cosa fare e tutti i pensieri che mi affollavano la testa cominciarono a mulinare come in vortice, finché non riuscii più a trattenermi. Cercai su Google tutti i nomi che conoscevo, a partire da quelli riportati nel file ufficiale di Jason che, però, conteneva solo l'intestazione della compagnia per cui aveva lavorato e il crimine che aveva commesso: riciclaggio di denaro sporco e distruzione delle prove, un reato federale. La sentenza era stata quella che mi aspettavo, ma non c'era scritto nulla sul perché avesse deciso di ammettere la sua colpevolezza, e non c'era neppure una dichiarazione che attestasse che aveva almeno provato a difendersi. Non si parlava di avvocati esterni, ma solo della difesa fornita dallo Stato e non c'era niente che mi facesse pensare che si fosse dichiarato colpevole di un crimine minore. Per ottenere informazioni più dettagliate avrei dovuto controllare dai computer della Centrale, e forse chiedere la restituzione di qualche favore.

"Perché?" chiesi rivolto al freezer mentre frugavo alla ricerca del gelato. Trovai un barattolo di Rocky Road e lo tirai fuori con un'esternazione di giubilo e il gesto della vittoria. Avrei dovuto camminare ore e ore per smaltire gli zuccheri, ma al momento era quello di cui avevo bisogno. Quando andai a letto, dopo aver chiuso porte e finestre, Cap si accucciò come al solito nel corridoio. All'inizio lo faceva per controllarci tutti e tre, ma ormai mi piaceva pensare che tenesse d'occhio solo me. Mi chinai e lo grattai dietro alle orecchie.

"Occhi aperti," gli sussurrai e lui mi toccò il naso con il suo, prima di girare su se stesso e lasciarsi di nuovo cadere con un respiro sonoro.

A quel punto, quando l'orologio segnava appena le dieci, non mi restava altro da fare che andare a letto insieme all'ultimo thriller contenuto nello scatolone che Eric mi aveva lasciato quando si era trasferito.

Lessi per dieci minuti, ma quella sera proprio non riuscivo a concentrarmi e quando dovetti affrontare per la quarta volta pagina diciassette, presi il biglietto da visita che usavo come segnalibro e chiusi il libro.

Sapevo che ci avrei messo molto ad addormentarmi: ero nervoso, pronto a cogliere ogni rumore o segnale che indicasse che i miei ospiti se ne stavano andando e che io non avessi fatto bene il mio dovere.

In qualità di poliziotto dovevo proteggere sia Daisy, con il suo coraggio sfrontato che poi si trasformava in lunghi silenzi, sia suo padre, che era tutt'altro che calmo.

È il mio lavoro.

Tuttavia, i pensieri che mi vorticavano in testa non riguardavano tanto il proteggere quanto scoprire qual era la storia di quella bambina e del suo papà. Jason Banks, un uomo i cui occhi azzurri erano colmi della stessa paura e dolore che scorgevo spesso nelle vittime di violenza.

Sospirai e mi voltai. Mi facevano male la gamba e la schiena e decisi che avrei dovuto cominciare a pensare ad altro, se volevo avere qualche speranza di dormire. Cercai di rilassare i muscoli a partire dal collo fino all'alluce, singolarmente e a fasce, e cercai di regolarizzare il respiro. Doveva aver funzionato perché non avevo mai avuto un incubo così reale come quello che mi svegliò, immerso in un bagno di sudore e con il respiro affannato.

Stavo correndo verso qualcosa di indefinito, senza mai raggiungerlo e impedire così che qualcuno morisse. Sentivo il cuore che batteva all'impazzata e l'adrenalina che mi pompava nelle vene. Era l'una di notte, cazzo! Non avevo dormito pochissimo e mi girava la testa. Non c'era bisogno che consultassi uno specialista per sapere che avevo una miriade di traumi irrisolti. Mi liberai piedi dalle coperte aggrovigliate, poi mi lasciai ricadere sul materasso e fissai il soffitto.

"Allora, è andata così," cominciai a dire piano, senza neanche curarmi se Dio mi stesse ascoltando o se a qualcuno nell'immensità del cosmo importasse delle mie parole. "Mi avevano chiamato per un'emergenza e quello che ho visto mi ha sconvolto. Lo so che te ne ho già parlato prima, ma devi sapere che la cosa mi perseguita ancora."

Nessuno disse niente, né sentii una carezza leggera sul braccio. Eravamo solo io e il silenzio della notte, così proseguii.

"Eravamo andati in un rifugio per donne

maltrattate. Non era la prima volta, ma questo lo sai già." Mi fermai e chiusi gli occhi: una parte di me sembrava restia a ricordare quello che avevo visto. La psicologa mi aveva raccomandato di tirare fuori tutto, ma io le avevo detto che stavo bene e che si trattava solo di lavoro. Lei era sembrata scettica, ma non le avevo dato modo di ribattere, continuando a parlare per tutto il resto della seduta. Quello che avevo visto aveva riportato alla luce scheletri dell'infanzia che aveva preceduto la mia adozione, ma ora, con una gamba rotta e l'obbligo di stare a casa, avrei di certo ripreso a respirare.

Respirare? Chi volevo prendere in giro? Era più probabile che prima o poi i ricordi mi avrebbero soffocato.

"La donna era nel corridoio, morta," continuai, richiamando alla mente l'odore del sangue e della polvere da sparo, ricordando il poster alla parete raffigurante un telefono animato e un numero verde. C'erano dei giocattoli sparsi per terra, alcuni uguali a quelli che avevo comprato per Mia, e allora avevo capito che doveva esserci un bambino nella casa.

"L'uomo, suo marito, era seduto nell'angolo, le braccia serrate attorno alle ginocchia, le mani sporche di sangue e la pistola a terra tra loro. Immagino che fosse stata lei a farlo entrare dopo che, in qualche modo, era riuscito a convincerla ad aprire la porta. Solo che poi l'aveva uccisa, lì, davanti a tutti. C'era anche una culla e sarei pronto a giurare che la bambina al suo interno non fosse più grande di Mia." Deglutii il nodo di dolore che mi serrava la gola e ricacciai indietro i ricordi che minacciavano di sommergermi. Dio conosceva già quella storia, ma avrebbe accolto lo stesso la mia preghiera.

Avevo bisogno che qualcuno mi ascoltasse in modo che potessi liberarmi di quel peso e poi mi abbracciasse stretto.

"Non metto in dubbio le tue decisioni, ma era così piccola, un esserino minuscolo, e suo padre era un violento e un assassino e ora la madre è morta. Come faccio ad accettarlo, eh?" Ancora nessuna risposta. Nessun freddo improvviso, nessun segno da parte Sua e neanche dei fantasmi che vivevano dentro di me. "Si chiamava Natalie," continuai, e allungai le braccia nel buio parziale della stanza, immaginandola là. "Era una bella bimba e non la smetteva più di piangere. Non sapevo che fare. Non reagiva come Mia, non era contenta di essere tenuta in braccio e non sorrideva."

Sospirai.

"Quindi direi che oggi ti sto chiedendo di avere un occhio di riguardo per lei e anche per sua madre, ovunque sia. Per il padre, invece, non posso chiederti nulla, ma in questo momento ho bisogno di credere che ci sia una ragione per quello che è successo, anche se non riesco a capirla."

Rotolai sul fianco, portandomi dietro la gamba con una smorfia di dolore e tornando a coprirmi. C'era qualcosa di catartico in quei monologhi con Dio e alla fine mi addormentai.

Capitolo Dieci

Jason

Mi svegliai sudato e terrorizzato. Ero certo di aver perso Daisy. Con il panico che mi stringeva la gola, mi tirai su così in fretta da provocarmi le vertigini, e avevo la sensazione che decine di coltelli affilati mi affondassero nel petto. Solo quando la vidi dall'altra parte di quel letto enorme, protetta dal suo fortino di cuscini, la paura allentò la sua morsa. In ogni caso, mi districai dal groviglio di coperte e la raggiunsi stringendo i denti contro il dolore, solo per accarezzarle i capelli ed essere sicuro di averla lì con me.

L'orologio indicava le tre di notte e mi chiesi come diavolo avesse fatto il tempo a volare tanto perché, nonostante l'ansia, non appena avevo chiuso la porta a chiave e toccato il cuscino mi ero addormentato. Daisy aveva chiesto di guardare i cartoni nella Tv che si trovava nell'angolo della stanza, ma anche lei non era durata più di cinque minuti prima di crollare.

Era colpa mia.

Eravamo fuggiti dall'ospedale tre giorni prima lasciando Rain, perché non potevamo aiutarla in alcun modo, e perché il mio primo pensiero era la sicurezza della mia piccina. Non avevamo nessun posto dove andare, niente soldi e neanche un progetto, l'unica certezza era che dovevamo stare il più lontano possibile da Billy.

Avevo bisogno di credere che il medico della casa accanto l'avesse visitata accuratamente, perché altrimenti avrei dovuto preoccuparmi di quanto dormiva. Forse avrei dovuto chiedergli di farle qualche test? Mi riappoggiai ai cuscini e fissai il soffitto, ma ad esclusione del buio non riuscivo a vedere niente. Lo spavento mi aveva lasciato una sensazione strisciante di disagio e non ero pronto a chiudere di nuovo gli occhi. L'angoscia tornò ad afferrarmi il petto, e solo quando il mio respiro diventò un soffio e fui costretto a inalare, il ritmo completamente alterato, decisi di alzarmi. Per qualche minuto rimasi lì in piedi, al buio, cercando di sgombrare la mente dai brutti pensieri.

Ad esempio Rain in quel letto d'ospedale, mantenuta in vita solo dai tubi che le iniettavano nutrimento e medicine. O Billy che mi ringhiava contro e mi diceva che nessun posto sarebbe stato sicuro per me dopo quello che avevo fatto a Silas.

Oppure ogni altra maledetta disgrazia che si era abbattuta sulla mia vita.

E se Daisy si fosse svegliata assetata? Provai a cercare la tazza che aveva usato prima, ma non la trovai. Che razza di padre ero per non aver pensato di portarla in camera con noi?

Nervoso e in apprensione, pensai che forse avrei potuto fare un salto in cucina e prenderla. Avrei dovuto farlo prima che ci chiudessimo in camera, ma il mio unico pensiero era stato quello di sfuggire alle occhiate critiche di Leo. Non che fossero apertamente sospettose, ma contenevano quel mix di pietà e sfiducia che avevo già visto in passato. Aprii silenziosamente la serratura e, prima di correre al piano di sotto, gettai un'ultima occhiata a Daisy per assicurarmi che dormisse ancora.

Avanzai di un passo nel buio e urtai Cap, che era sdraiato proprio davanti alla porta e lanciò un guaito. Scartai di lato per non camminargli sopra, ma il movimento improvviso mi mandò a sbattere contro la porta accanto alla mia con una forza tale da sentirne il riverbero nei denti. Forse urlai o imprecai, ma l'unica cosa certa fu che, mentre ero lì confuso e scoordinato, qualcuno mi tolse l'appoggio da dietro la schiena e io caddi all'interno della stanza. La luce mi accecò e mi costrinse a coprirmi la faccia in attesa del dolore, ma l'unica cosa che sentii fu una parolaccia e qualcuno che mi afferrava per il braccio.

"Cristo!" sbottò Leo mentre mi aiutava a rimettermi in piedi. Non appena fui di nuovo stabile sulle mie gambe, aprii gli occhi e mi trovai davanti un poliziotto mezzo nudo e spettinato, che impugnava una mazza da baseball. "Che cazzo succede?" Forse pensava di riuscire a scuotermi in quel modo, invece rimasi a guardarlo imbambolato senza sapere da dove cominciare.

Non dissi nulla e indietreggiai fino a ritrovarmi nel

corridoio. Lui però lasciò cadere la mazza e zoppicò fino a me, invadendo il mio spazio in un attimo e afferrandomi il braccio, preoccupato.

"Jason, stai bene? Daisy? È entrato qualcuno?"

"No, volev…"

Rimasi a guardarlo nel bagliore soffuso che proveniva dalla sua stanza per un tempo che mi parve infinito, così vicino da riuscire a scorgere le lunghe ciglia, gli occhi profondi, e sentire il soffio caldo del suo respiro sul viso.

Barcollai.

Giuro su Dio che ondeggiai in avanti, costringendolo a sostenermi per impedirmi di cadere.

"Jason? Parlami. Va tutto bene?" chiese lui allarmato.

Stavo bene? Domanda da un milione di dollari, e onestamente non avevo idea di cosa rispondere. Mi liberai dalla sua stretta e indietreggiai verso la mia camera, evitando con attenzione Cap, che non sembrava minimamente offeso dal fatto che lo avevo scambiato per un tappeto, poi mi chiusi dentro.

Il rumore delle nocche sul legno mi fece trasalire. "Jason, avete bisogno di qualcosa?"

Mi sentii di nuovo afferrare da un terrore sconosciuto. Sapevo che era stupido, ma la tazza non era più una priorità e Daisy stava dormendo, quindi l'unica cosa davvero importante al momento era rassicurare Leo sul fatto che stavamo bene.

"Sì, siamo a posto," dissi schiarendomi la gola. "Il… tuo… cane… Sta bene?" Feci una smorfia e appoggiai la testa contro la superficie fredda della porta. Speravo di non avergli fatto male, povera bestia.

"Cap sta benissimo."

"Meglio." Trasalii. Mi ero fatto male quando ero andato a sbattere e ora sentivo il petto in fiamme, quindi parlare era difficile. Mi chiesi perché il cane si chiamasse Cap. Era il diminutivo di Capitano? E chi gli aveva dato quel nome? Leo lo aveva sin da quando era un cucciolo?

Leo insieme a un cucciolo? Premetti una mano sullo sterno dolorante e chiusi gli occhi. Le parole mi sfuggivano. Cazzo, era difficile persino respirare.

Seguì un lungo silenzio, ma nessuno dei due si mosse, fino a che non sentii una specie di sospiro. "Come preferisci, allora. Sotto ci sono dei cereali, ma posso preparare i pancake per colazione se Daisy ne ha voglia."

"Okay."

"Scendete quando volete."

Annuii come se potesse vedermi, poi mi sentii troppo stupido per rispondere, così tornai verso il letto e mi sedetti sul bordo, lasciando che i miei occhi si abituassero all'oscurità. Mia madre diceva sempre che il dolore e la paura erano mille volte più spaventosi al buio di quanto lo sarebbero stati di giorno. Come l'avrebbe presa, se gli avessi detto che ormai le tenebre erano dentro di me e che non se ne andavano neanche con il sorgere del sole?

"Papà?" La voce di Daisy era assonnata. Rotolò verso il punto dove avrei dovuto essere disteso. "Vasino."

La presi in braccio e facendo attenzione la portai nel

piccolo bagno, accesi la luce della specchiera e la misi a sedere sul water. Non ci dicemmo niente, ma lei appoggiò la testa sulla mia spalla. Sembrava così grande, precoce e sicura di sé, anche se aveva solo quattro anni. Era nata due giorni prima di Natale, o così aveva detto Rain. Era bastata una notte in cui, nonostante tutti i miei timori, avevo cercato conforto tra le braccia di qualcuno e ora ero padre.

Ma non me ne pentivo. Nel momento stesso in cui l'avevo incontrata qualche settimana prima, era diventata il mio mondo.

C'erano cose della mia vita che avrei cambiato volentieri, ma non avrei mai rinunciato a quel momento; alle sue braccine che mi stringevano mentre la riportavo a letto e alla fiducia incondizionata con cui si riaddormentò, sapendo che ci sarei stato io a proteggerla.

"Forse il sonno è la tua via di fuga," sussurrai, posandole un bacio sui capelli. "Vorrei che fosse lo stesso per me."

Invece, tornai a stendermi e fissai il soffitto fino a scorgere un paio di piccole crepe, ignorando il bruciore che mi tormentava le costole e il respiro sempre più affannato, e cercando di concentrarmi sui pensieri positivi.

Non sono in prigione. Posso andare via in qualsiasi momento.

Non sono in prigione e quando avranno trovato Billy potrò cominciare una nuova vita con mia figlia.

No, non ero in prigione e Leo era stato lì, pronto ad affrontare chiunque pur di difendere me e Daisy.

Il pensiero, molto più piacevole degli altri, strisciò con prepotenza nella mia mente. Leo senza maglietta, con i muscoli in bella vista, ancora inebriante e caldo di letto, la spruzzata di peli neri sul petto e l'aria di chi sarebbe stato disposto ad affrontare Terminator in persona, era una delle immagini più sexy che mi fosse capitato di vedere negli ultimi tempi. Ed era così attraente che per poco non dimenticai che mi stava antipatico.

Il sonno non tornò e aspettai finché l'alba non tinse di rosa la stanza.

Capitolo Undici

Leo

Avrei dato qualsiasi cosa per poter andare a correre. Quello che era successo il giorno prima con Jason e Daisy, e poi solo con Jason durante la notte, mi aveva impedito di dormire, senza contare le ore perse a causa dell'ansia. Avevo temuto che se ne sarebbero andati durante la notte, prima ancora che riuscissi a scoprire cosa stesse succedendo e perché Jason fosse venuto a cercare Eric. E si era fatto male quando era inciampato in Cap e aveva sbattuto contro la mia porta? Aveva bisogno di qualcosa per il dolore?

E poi il modo in cui si era avvicinato quando lo avevo sorretto. Avevo sentito i muscoli flettersi sotto le mie mani, avevo visto le sue labbra leggermente dischiuse e per un folle secondo prima che si allontanasse avevo pensato di stringerlo a me.

Come diavolo avrei potuto dormire a quel punto? Volevo essere già in cucina ad aspettarli quando si fossero svegliati. Ero in piedi dalle cinque, ma ancora non erano scesi; non che me lo aspettassi, era davvero presto, ma non riuscivo a impedirmi di preoccuparmi.

Sedetti al tavolo con il caffè in mano e chiusi gli occhi, cercando di ritrovare un po' di pace interiore. Cap russava premuto contro il mio piede e io rivolsi una rapida preghiera a Dio affinché tenesse al sicuro la mia famiglia e i miei amici, in particolare Eric. Poi non mi restò che stare lì seduto ad aspettare che Jason e Daisy si svegliassero, e non fui affatto sorpreso di ricevere una telefonata poco dopo le sette.

Lorna in genere chiamava di sera e sempre per parlarmi di qualche ragazzo. Reid aveva dei casini in Centrale con un collega che a suo dire prendeva mazzette, ma di solito chiamava nel fine settimana. Quindi doveva essere Jax: quando non ero in servizio, si faceva sentire presto per parlare un po' di tutto. Eravamo cresciuti in quel modo, sempre al corrente di dove fossero gli altri, forse un'abitudine presa quando ognuno di noi viveva in una casa-famiglia. Cercavo sempre di sapere dove si trovassero le persone a cui volevo bene, e avevo persino tentato di creare una specie di regola quando ero andato a vivere con Sean ed Eric, ma abitando lontani le nostre vite non erano più intrecciate come avrei voluto, e la cosa non mi piaceva. Jax era decisamente quello con cui mi sentivo di più, quindi fui contento di ricevere la sua telefonata, nonostante fossi pienamente consapevole che sarebbe bastata la minima esortazione per farmi aprire il sacco sui miei sentimenti e le mie insicurezze.

Capitolo 11

"Reid non mi richiama," esordì invece Jax al posto del solito allegro buongiorno.

"E allora?"

"È uno stronzo," disse lui, e io mi rilassai perché si trattava chiaramente di un bisticcio tra fratelli e non di un'emergenza. Per qualche ragione ero diventato il pacificatore della famiglia, e se ogni tanto era difficile, altre volte mi sentivo il miglior negoziatore del mondo.

"Che ha fatto?"

"Sarei pronto a scommettere che è stato lui a prendere due secchi di vernice dal cortile destinati a una delle mie ristrutturazioni. Una delle marche migliori, cazzo!"

"In poche parole, Reid ti ha rubato della vernice?" Non era l'ora giusta per una cosa del genere.

"Ovvio che è stato lui. Chi altri avrebbe potuto farlo? Poi mamma mi ha mandato le foto del suo salotto appena ritinteggiato, dicendo quanto è fortunata ad avere un figlio come Reid e, guarda caso, si tratta della stessa identica sfumatura. Ergo, chi vuoi che l'abbia presa? Dai, Leo, sei un poliziotto, non dovresti arrestarlo o roba del genere?"

Cap mi passò tra le gambe mentre mi chinavo per svuotare la lavastoviglie, facendomi perdere l'equilibrio. Crollai contro il bancone e nel movimento sbattei l'alluce contro uno sgabello, facendomi un male del diavolo.

"Non arresterò un fratello, che è un poliziotto, per aver preso in prestito della vernice da un altro fratello, soprattutto quando lo ha fatto per fare felice la mamma."

Afferrai la tazza con il caffè e andai in veranda, zoppicando e chiedendomi se ora, oltre alla tibia, avessi anche un dito rotto. Nel frattempo, Jax continuava a blaterarmi all'orecchio e Cap a saltarmi attorno, uggiolando con il frisbee in bocca.

"Non gioco adesso," gli dissi, coprendo il microfono con la mano.

"Reid deve essere arrestato," continuò Jax, e quando finalmente mi sedetti sulla sdraio, aveva cominciato a dire che non ne poteva più dei fratelli rompiballe. Sperai che non includesse anche me nella categoria. Era troppo presto per una discussione seria, in modo particolare con l'unico dei miei fratelli che non mollava mai l'osso.

"Devi diffidarlo," concluse, costringendomi a trattenere una risata. Non era possibile che mi avesse chiamato per chiedermi di abusare della mia posizione per rivalermi su nostro fratello.

"Jax, sei arrabbiato perché ha preso in prestito la vernice o perché…"

"Non si può prendere in prestito la vernice!" mi interruppe.

"…o sei arrabbiato perché la mamma ti ha chiesto per un anno intero di imbiancarle il salotto ma tu eri troppo occupato? Ripete continuamente quanto sia fiera di ciò che stai costruendo, ma dice anche che ti sei dimenticato di lei."

Jax sbuffò, poi imprecò e io capii di aver colto nel segno. Mio fratello era proprietario di una ditta di ristrutturazioni di enorme successo e lavorava giorno e notte per stare al passo con tutto. Si dava molto da fare da quando eravamo piccoli: prima aveva ridipinto la sua stanza di giallo e nero, poi aveva aiutato ad aggiungere una stanza per l'arrivo di Lorna in famiglia, ed era stato in quel modo che aveva imparato il mestiere.

Solo nell'ultimo paio d'anni, tuttavia, si era trasformato in una specie di stacanovista. Era più che probabile che si sentisse in colpa perché non riusciva ad aiutare nostra madre quanto avrebbe voluto, e se a ciò si aggiungeva l'attenzione maniacale verso i materiali che utilizzava per i suoi progetti, diventava evidente cosa lo avesse spinto a chiamarmi tanto presto. Ovviamente, c'era anche lo zampino della mamma, che in un modo o nell'altro riusciva sempre a trovare un motivo per biasimare noi figli.

Per me era il fatto che non avessi una ragazza, o un ragazzo. Non le importava da che parte fossi orientato, voleva solo dei nipotini. Evidentemente, non le bastava viziare i cinque che già aveva grazie a Reid e alla sua deliziosa moglie Rachel e a Jax con la sua ex, Paula. E cavolo se erano viziati! Io e i miei fratelli eravamo stati cresciuti con il pugno di ferro e una buona dose di rimproveri in italiano. I nipotini, invece, avevano avuto sin da subito parole dolci e biscotti a non finire. Con il passare degli anni la mamma si era addolcita, ma la spina dorsale d'acciaio non era scomparsa e non era difficile scorgerla sotto le tenerezze da nonna.

Cap salì sulla sdraio accanto alla mia e appoggiò il muso allo schienale, guardandomi in tralice e riversando nei suoi occhi di velluto tutta la dolcezza di cui era capace. Sapeva benissimo che avevo un biscottino in tasca e a vederlo chiunque avrebbe detto che stesse per morire di fame.

Coprii il telefono con la mano. "A quanto pare pensi che abbia dimenticato che hai provato ad aprire da solo la scatola dei croccantini," gli dissi, e lui mi guardò sbattendo le ciglia, confuso. Cercai di resistere al suo muso peloso, ma poi lui lasciò andare un piccolo lamento e io capitolai davanti a quella espressione allo stesso tempo tenera e disperata. "Uno," lo avvisai, prima di lanciare il biscotto in mezzo all'erba, assicurandomi che non riuscisse a trovarlo subito. Lui si lanciò alla ricerca con grande entusiasmo, scavando dappertutto e addirittura gettandosi dentro a un cespuglio verde, che cominciò a oscillare a destra e a sinistra. "E non dirlo a nessuno."

Non che ci fosse qualcuno a cui dirlo, considerato che ormai vivevo da solo. Forse a Jason e Daisy, pensai.

"Eh?" fece Jax.

Cavolo, mi ero scordato di mio fratello. Tirai via la mano dal microfono, fregandomene se mi avrebbe sentito rivolgermi a Cap come se fosse un essere umano. "Lascia stare." Alzai il viso verso il sole: magari l'inverno era vicino anche in California, ma faceva ancora troppo caldo per essere solo le sette del mattino. "Jax, non è che possa fare tanto per aiutarti. Fattene una ragione: è chiaro che Reid voglia qualcosa dalla mamma e la sta circuendo per ottenerla, senza pensare che quando lei se ne accorgerà gli darà una bella tirata d'orecchi. La mamma non è stupida, lo sai."

Jax sospirò. "Resta comunque un pezzo di emme e conto su di te per dargli una bella lezione quando ci vedremo tutti per il Ringraziamento."

"Devo andare, Cap ha placcato qualcuno alla

porta..." Era la scusa che usavo di solito quando volevo liberarmi e, nel sentir pronunciare il suo nome, Cap sollevò lo sguardo e mi rivolse una specie di bavoso sorriso canino. A dire la verità non aveva mai placcato nessuno da nessuna parte, ma a forza di sentirmi parlare di lui in quei termini, chiunque si sarebbe immaginato che fosse una specie di cane da combattimento anziché un cucciolone tenero con un cuore d'oro e una passione per il frisbee.

Le festività in onore delle quali la famiglia si riuniva al gran completo andavano dal Natale e il Ringraziamento fino a tutta una serie di santi minori. La casa dei miei genitori era una specie di ranch grande abbastanza da ospitare figli, nipoti e una lunga lista di cugini, e ognuno faceva del suo meglio per rispettare la tradizione ed essere presente ai pranzi e alle cene. Quando ero di turno cercavo sempre di fare almeno un salto, anche solo per pochi minuti, ma quando mi capitava di essere libero, allora mi godevo appieno l'ospitalità della mamma e finivo sempre con il rotolare a casa con la pancia talmente piena da scoppiare. Le tonnellate di cibo del Ringraziamento erano l'apoteosi, e quell'anno era probabile che sarei tornato al lavoro grosso come un ippopotamo, considerato che la gamba rotta mi impediva di smaltire tutto quello che mangiavo.

"Dovrei fare più sport."

Mi stirai e rimasi un altro po' a godermi il sole, poi rivolsi a Dio una preghiera per tutti quelli che amavo, in modo particolare per Eric, e tornai dentro seguito da un perplesso labrador nero. Dovevo preparare la colazione, altro caffè e vedere se magari sarei riuscito a convincere Jason e Daisy a scendere.

Due le priorità: primo dimenticare il modo in cui si era proteso verso di me la notte precedente, secondo ritrovare un minimo di controllo.

Entrambi i buoni propositi, tuttavia, volarono fuori dalla finestra quando Jason entrò in cucina tenendo Daisy per mano. Cap la sfiorò con il naso e lei, anziché respingerlo, gli accarezzò piano la testa. Cosa che il mio stupido cucciolone sembrò apprezzare, perché le diede qualche colpetto con il naso sulle dita e cominciò ad ansimare.

Io e Jason ci scambiammo uno sguardo e, per un secondo, anche un sorriso.

Immagino che fosse la reazione tipica nel trovarsi davanti cani e bambini.

E non aveva niente a che fare con il fatto che io *volessi* sorridere a Jason.

Proprio niente.

Capitolo Dodici

Jason

Non avrei saputo dire cosa fosse cambiato rispetto al giorno prima, ma ormai Daisy e Cap erano amici, anche se lei si muoveva con cautela quando gli era vicino e lui rispettava i suoi timori.

Sedettero a terra e cominciarono a giocare, mentre Leo preparava dei pancake con le gocce di cioccolato e la banana, insieme a un piatto di bacon così croccante che mi fece venire voglia del bis. Non che osassi chiederlo, eravamo già fortunati a ricevere qualcosa. Mentre mangiavamo continuai a picchiettarmi una canzone sulla coscia e quello mi aiutò a placare un po' le preoccupazioni che mi si agitavano dentro. Preoccupazioni che tuttavia andarono a scontrarsi con la gratitudine quando Leo offrì a me una tazza di caffè forte e a Daisy un bicchiere di latte. Stava facendo del suo meglio per dimostrarsi il perfetto padrone di casa.

C'è qualcosa che quest'uomo non sa fare?

Oltre a quello riuscì anche, pancake dopo pancake, a guadagnarsi la fiducia di mia figlia mentre stava davanti ai fornelli e fischiettava piano senza mai accennare a quello che era successo la notte prima. Cap era sotto il tavolo e non sembrava offeso di essere stato scambiato per un tappeto. Anzi, appariva del tutto preso da Daisy, o forse dal cibo che lei per errore volontario avrebbe potuto lasciar cadere a terra.

Il cellulare di Leo vibrò e lui lo prese e se lo incastrò tra l'orecchio e la spalla, mentre con le mani continuava a girare i pancake.

"Sì... sì, lo so... Dici sul serio?" Mi scoccò un'occhiata, ma non stava sorridendo e io mi sentii precipitare lo stomaco.

L'apprensione tornò ad alzare la testa. Chiunque fosse al telefono, probabilmente gli stava dicendo che ero implicato nel caso di Silas e che doveva arrestarmi e prendere Daisy. Non importava che non avessi fatto niente di male. Il picchiettare ritmico sulla gamba si trasformò in un movimento ripetitivo, che imitava il battito frenetico del mio cuore. Leo mi guardò negli occhi, ma non sembrava arrabbiato e neanche intenzionato a prendere la sua arma e separarmi da mia figlia. Anzi, sembrava esserci una punta di preoccupazione sul suo viso, insieme a qualcosa che assomigliava alla rassegnazione.

Com'era possibile che riuscissi a leggerlo tanto bene?

"Va bene... sì..." Sospirò. "Okay, ci sentiamo domani." Chiuse la chiamata e sospirò. "Era Brady. Eric non tornerà fino al prossimo fine settimana."

La paura e l'ansia mi sommersero di nuovo perché

sapevo cosa significasse stare lassù, e per un attimo mi sentii girare la testa, il dolore al fianco quasi insopportabile. "Ma va bene però, vero?" Ricordavo di aver passato intere settimane in cui vivevamo e respiravamo fuoco, e avremmo fatto di tutto pur di impedire alle fiamme di raggiungere nuovi centri abitati e prendersi altre vite. Eric era stato un brav'uomo. *Aspetta, è un brav'uomo. Non gli succederà niente.*

"Non gli diremo che sei qui, se è quello che intendi." Mi scoccò un'occhiata che poteva essere descritta solo come 'dura'.

"Non intendevo quello. Volevo…"

"E comunque cosa potrebbe dirgli Brady? Non è che Eric possa interrompere quello che sta facendo a San Bernardino e venire qui per occuparsi dei tuoi problemi, qualunque essi siano."

Ops, Leo quella mattina doveva essere sceso dal letto con il piede sbagliato.

"Non voglio che sappia nulla. Deve solo pensare a fare il suo lavoro e stare attento," mi difesi.

Leo chiuse gli occhi. "Scusa," disse dopo qualche secondo. "So che hai vissuto… Detesto il fatto di non poter essere lassù a dare una mano, fosse anche solo passare documenti."

"Va tutto bene. Non resterò a lungo. Però non ho soldi e…" Leo non era costretto a ospitarmi. Non era Eric e non mi doveva niente.

Leo posò il telefono sul bancone della cucina e incrociò le braccia sul petto. "Sei pronto a dirmi cosa sta succedendo?"

Non avevo idea di cosa sarebbe potuto succedere.

Avevo puntato tutte le mie speranze sul fatto che Eric avrebbe permesso a me e Daisy di restare senza fare domande. Invece, ero bloccato lì con Leo, senza che Eric potesse sapere di noi. Era il suo modo di dirmi che dovevo andare via?

"Ti prego, non mandarci via," dissi, ingoiando l'orgoglio. Io avrei anche potuto dormire su una panchina e passare di tavolo in tavolo nei ristoranti a chiedere qualcosa da mangiare, ma Daisy aveva bisogno di un posto sicuro e tranquillo in cui stare. "O perlomeno, fai restare Daisy. Almeno saprò che è al sicuro."

"Non vi farò andare da nessuna parte, siete i benvenuti." Lo aveva detto con una smorfia, ed ebbi la netta sensazione che sarebbe stato più contento di ospitare qualcuno presente sulla lista dei maggiori ricercati dell'FBI, piuttosto che noi. Indicò Daisy con il cartone del latte. "E in ogni caso non ho scelta, visto che c'è di mezzo un bambino. E te lo dobbiamo."

"Devi promettere che non dirai a nessuno dove mi trovo." Richiesta quantomeno strana da avanzare a un poliziotto se sei un ex-detenuto.

I Federali non sapevano di chi potersi fidare, io non sapevo a chi credere, ma non avevo altra scelta se non dare fiducia a Leo e all'affetto evidente che lo legava al suo miglior amico. Il suo mestiere era l'unico problema, e avrei scommesso qualsiasi cosa che l'istinto lo spingeva a denunciare e ufficializzare la nostra presenza. Anzi, ero quasi certo che avesse già raccontato ai suoi colleghi dello strano tipo che si era presentato a casa sua con una bambina al seguito, quindi dovevo sapere quanto tempo avremmo avuto prima che Billy ci trovasse. Lo guardai e, notando le occhiaie scure che gli cerchiavano gli occhi, conclusi che anche lui doveva aver dormito poco la notte precedente. Mi sentii in colpa.

Ero bravo a credere di essere il responsabile di tutti mali del mondo.

"Va bene. Per ora." Leo guardò Daisy e cambiò argomento. "Hai dormito bene?" le chiese, raggiungendoci e riempiendosi il piatto di pancake, che tra l'altro erano venuti molto bene, considerato che li aveva fatti con una mano sola mentre con l'altra si appoggiava al bancone. Io non ci riuscivo neanche con due. Si voltò verso di me mentre parlava e mi colse a guardarlo. Arrossii e feci finta di fissare la tazza. Cosa pensava di quello che stava succedendo? Il suo addestramento cosa gli suggeriva di fare? Aveva fatto ricerche su di me? Sarebbe stato lui a portarmi via Daisy, anche se Austin aveva detto che con me era al sicuro? La paura era come una palla di piombo che mi pesava sullo stomaco, e nonostante avessi fatto tutto quello che mi era stato chiesto, non potevo fare a meno di temere tutto e tutti.

"La stanza era buia," rispose Daisy, seria.

"Vorresti una lucina notturna?" le chiese Leo e io lo guardai, aspettando che si voltasse verso di me. *Perché?*

"Sì," sussurrò lei prima di tornare a mangiare il suo pancake a piccoli morsi.

"Se resti, allora ti darò una di quelle che Mia tiene qui," disse Leo ricambiando il mio sguardo.

Se? Allora non aveva intenzione di farci restare. "Se non puoi aiutarci, allora dobbiamo andare via," riuscii a dire alla fine e Leo piegò la testa, un movimento impercettibile solo per dire che aveva capito. "Ce ne andremo," aggiunsi, con decisione.

"Ma la mia lucina…" protestò Daisy.

Leo continuò a rivolgersi direttamente a lei. "Se il tuo papà dice che dovete andare, potrai metterla nel tuo zaino e portarla a casa con te."

Lentamente Daisy posò la forchetta sul piatto. "Papà dice che non devo tornare a casa." Mi guardò con gli occhi azzurri colmi di lacrime. "Vero, papà?"

Tesoro mio!

"Vero, carotina." Cercai di trasmetterle almeno un raggio di speranza, anche se dentro sentivo il cuore spezzarsi davanti alla sua paura. "Avremo una casa nuova tutta per noi."

Lei si asciugò la lacrima che le era scivolata lungo la guancia e annuì. "Non voglio tornare da papà B."

"Non ci tornerai. Ora finisci il tuo pancake, tesoro."

"Non ho più fame," rispose lei appoggiandosi a me. Restammo abbracciati per qualche secondo, poi Daisy si allontanò. "Posso andare a giocare?" chiese, indicando la casa con i ricci. Sapevo che non potevo costringerla a mangiare ancora o a restarmi accanto, dove avrei potuto tenerla d'occhio. Cercai di evitare lo sguardo di Leo, ma sapevo che lui mi stava fissando perché sentivo sulla pelle la sua costante attenzione.

"Se Leo è d'accordo," dissi, e lui annuì.

La guardammo andare verso la casa delle bambole; Cap la seguì portando con sé l'immancabile coperta e si distese al suo fianco, a tutti gli effetti una specie di cane da guardia. Sapevo che Leo aveva delle domande che aspettavano solo di essere espresse, non immaginavo però di vederlo puntare alla giugulare non appena fu certo che Daisy non ci avrebbe sentito.

"Perché non può tornare a casa, Jason? E chi è questo papà B?" domandò. Io mi rannicchiai su me stesso, stringendo la tazza di caffè come se fosse la mia ancora di salvezza. "Sono serio, Jason. Mi stai ascoltando?"

"Un tizio con cui sua madre usciva," risposi, toccandomi il petto con il pugno per provare a scacciarne il dolore insistente, poi alzai lo sguardo su Leo e fu un errore, perché lui credette che finalmente avrei parlato.

"Cosa le ha fatto per farla piangere, Jason?"

"A lei niente. A sua madre…" *E a me*. Non volevo vedere il suo sguardo pieno di orrore. "È triste e ha paura."

"Di cosa ha paura, Jason?"

Cercai di concentrarmi sul respiro, ma mi faceva male il petto, e sul dolore alla testa, che era diventato insopportabile.

"Non di me."

"Sua madre dov'è, Jason?"

Detestavo che aggiungesse il mio nome a ogni domanda, ma probabilmente glielo avevano insegnato all'Accademia per stabilire un legame con i sospettati.

Ci dirai la verità, Jason?
Vuoi fare un patto con noi, Jason?
Puoi nascondere la verità solo un altro po', Jason?
Jason, aiutaci ad aiutarti.

"Sua madre è ricoverata in ospedale, in coma per

overdose. Io ho preso Daisy per tenerla al sicuro." Un sacco di informazioni in una volta sola, ma quando mi fermai lui ricominciò subito.

"Hai portato via Daisy da sua madre?"

"Rain è andata in overdose. È in coma..."

E poi Billy ci ha trovato, ma quello lo tenni per me.

Dovevo credere che lo stronzo non ci avrebbe scovati e che in qualche modo i Federali, e Austin in particolare, mantenessero la parola, rintracciandolo prima che lui rintracciasse noi.

"Abbiamo solo bisogno di un posto sicuro in cui stare."

"Sai che sono un poliziotto. Posso aiutarti se mi dici cosa sta succedendo."

"Sì, lo so, ma..."

"E sai anche che è mio dovere denunciare ogni infrazione della legge, indipendentemente dal fatto che tu abbia messo a rischio la tua vita per salvare quella del mio miglior amico."

Mi chiesi cosa fosse più importante per lui, la carriera o gli amici? Oppure le due cose erano così intrecciate da rendergli impossibile separarle?

"Lo so," ammisi, sconsolato.

"Allora ascoltami bene e rispondimi, Jason? Mi sto lasciando coinvolgere in qualcosa che distruggerà la mia carriera? O, peggio ancora, la mia amicizia con Eric, o la mia famiglia?"

Lo guardai senza rispondere e le dita con cui picchiettavo la gamba cominciarono a muoversi a un ritmo frenetico, tanto che dovetti afferrarmi la mano con l'altra per fermarla. Era logico che la storia in cui ero coinvolto avrebbe potuto avere delle conseguenze anche per lui; se Billy avesse scoperto dove avevo nascosto Daisy, sarebbe venuto a cercarmi e Leo non avrebbe potuto restarne fuori. Che dovevo fare? Lui prese il bricco del caffè e mi rabboccò la tazza, poi la spinse verso di me insieme alla panna. Non c'era ragione per cui non avrei dovuto affidare a Leo la mia vita, considerato che sia io sia Daisy dipendevamo dalla sua benevolenza.

Cazzo, ma che bisogno hai di essere tanto drammatico? I Federali sanno dove sei, e sanno che terrai la testa bassa per il bene di Daisy.

Leo non avrebbe corso alcun rischio.

"Non sei coinvolto in niente che possa danneggiarti." Aspettai che reagisse in qualche modo, invece lui non insisté, né mi costrinse a seguirlo in un'altra stanza, ma rimase lì a guardarmi.

"Allora, per il momento, potete restare."

Mi sentii immediatamente meglio, anche se non avrei saputo dire se fosse stata la caffeina o il suo riluttante consenso ad aiutarci, o perlomeno ad aiutare Daisy, a farmi sentire al sicuro.

Ero davvero riuscito a trovare un sostegno per mia figlia? Oppure Leo mi stava ingannando? Cosa avrebbe fatto dopo aver parlato con i Federali? E loro, quanto gli avrebbero raccontato?

Si alzò per fare altro caffè e io ero così concentrato su di lui che per qualche motivo finii con il fissargli il sedere. Non che lo avessi fatto di proposito, ma ce l'avevo proprio davanti, ad altezza d'occhio e, nonostante la stanchezza e la confusione, non riuscii a non notare quanto armoniosa fosse la curva delle sue natiche sotto il tessuto della tuta. Perlomeno oltre qualcosa di bello da vedere, oltre che un punto su cui fissare lo sguardo mentre pensavo.

Sì, certo, come no.

Mi alzai e affondai le mani nelle tasche come se non avessi un solo pensiero al mondo. Lui imitò la mia posizione e improvvisamente ci trovammo l'uno di fronte all'altro, vicinissimi. Alzai la testa in modo da poterlo guardare negli occhi. Ero abbastanza esperto da far sembrare che fossi del tutto sincero, e per un tempo che parve infinito lui ricambiò il mio sguardo.

"Grazie," mormorai.

"Non c'è di che," rispose, ma si intuiva il sottaciuto *'fanculo'*. Poi si voltò.

Capitolo Tredici

Leo

"Cap deve fare la passeggiata," annunciai, quando fu chiaro che Jason non avesse altro da aggiungere, e non appena Cap sentì la parola 'passeggiata' arrivò immediatamente al mio fianco, seguito da Daisy. "E voi avete bisogno di vestiti. Entrambi. Più altre cose. Ma prima andiamo al parco."

"Vado a prendere le scarpe!" annunciò Daisy tutta sorridente prima di correre fuori dalla stanza.

"Credo che noi dovremmo restare a casa," disse Jason.

Io avevo bisogno di uscire, Cap aveva bisogno di fare la sua passeggiata e neanche mi sognavo di lasciarli a casa da soli.

"Il parco è in fondo alla strada."

"Sì, ma..."

"C'è il parco, un posto all'ombra per Cap e un negozio di abbigliamento sportivo che ha anche un reparto per bambini. Soprattutto, ho bisogno di prendere un po' d'aria e non ho nessuna intenzione di lasciarvi qui da soli."

Presa la decisione, lo sfidai a ribattere, ma lui sembrava esausto, così prese Daisy in braccio, infilò i piedi nelle sue vecchie scarpe da ginnastica e, anche se un po' traballante, mi seguì fuori nella luce intensa del mattino.

"Non ho soldi," ammise mortificato.

"Ci penserà Eric a rimborsarmi," tagliai corto e lui si strinse nelle spalle, probabilmente preso da chissà quali pensieri che gli ronzavano in testa. Io appoggiai il peso sulle stampelle e mi avviai. Le avevo prese entrambe perché ero stanco e mi sentivo incerto sulle gambe, e in ogni caso ero a capo di quella spedizione, quindi dovevo dimostrarmi affidabile. Cap ovviamente era senza guinzaglio, ma era bravo e camminava tranquillo al mio fianco.

Andammo verso il parco e non appena superammo i cancelli, Cap cominciò a correre di qua e di là per scaricare un po' di energia. Daisy chiese di poter scendere e Jason rimase al suo fianco mentre saliva su uno scivolo e poi si buttava giù ridendo. Era cauto e si guardava continuamente intorno, allungando le braccia verso di lei quando era lontana dalla sua portata. Si comportava come un genitore iperprotettivo, ma lei sembrava non farci caso; anzi, pareva felice di abbracciarlo, mentre Cap saltellava loro intorno. Evidentemente ero io l'unico a non riuscire a fidarmi completamente di lui.

Chiamai Cap e lo accompagnai dove c'era l'erba

bassa, così che potesse annusare tutto quello che voleva, poi, senza mai staccare gli occhi da Jason, presi il cellulare. Mi rilassai solo quando Daisy cominciò ad arrampicarsi in una di quelle strutture per bambini, rendendogli di fatto impossibile la fuga.

Mi aspettavo che scappasse, ma non che sarei riuscito ad andargli dietro.

Bella rispose al primo squillo. "Si può sapere perché non riesci a goderti il meritato riposo?"

"Grazie per il saluto affettuoso," dissi ridendo. Era stata la mia partner per lungo tempo prima che venisse promossa a supervisore di una task force con i Vigili del fuoco. Per mia sfortuna era stata rimpiazzata da Yan, un novellino ottuso che aveva bisogno di impegnarsi un po' di più se davvero voleva intraprendere la carriera in polizia. Durante la mia assenza era stato messo in coppia con un collega che aveva alle spalle vent'anni di servizio attivo e non aveva voglia di perdere tempo, quindi speravo che al mio rientro avrei trovato un partner più motivato.

"Che vuoi che ti dica, sei tu quello che dovrebbe essere in vacanza," mi canzonò lei.

"Magari. In ogni caso, ti ho chiamato perché mi servirebbe che tu controllassi una cosa per me."

"Quale parte dell'espressione partner precedente non ti è chiara?" scherzò Bella, ma sapevo che aveva già preso il taccuino ed era pronta ad appuntare tutto quello che le avrei detto. Avrebbe fatto tutto il possibile per aiutarmi, e lo stesso valeva per me.

"Sì. Sì, okay," l'assecondai. "E comunque lo sai che

ti manco. Senti, ho questo possibile caso, ma potrebbe anche rivelarsi un flop."

"Perché non chiami il ragazzino con cui lavori adesso?" Aveva deciso di fare la simpaticona quel giorno.

"Perché non distinguerebbe un caso da una casa." Risi e lei si unì a me, ma tornò subito seria.

"Vuoi che ti aiuti in via ufficiosa?"

"Sì. La persona in questione si chiama Jason Banks. È uscito da poco dal centro correzionale di Lowton e nel suo periodo di reclusione ha lavorato come pompiere volontario."

"Un pompiere, eh? Aspetta, si tratta di *quel* Jason? Quello che per poco non ci ha rimesso le penne per salvare Eric?"

"Esatto." Bene, ora mi sentivo in colpa. Scacciai la sensazione e fornii a Bella le altre informazioni di cui ero in possesso e che avrebbero potuto rivelarsi utili. "Poi c'è Daisy. Non conosco il cognome, tre o quattro anni, è legata in qualche modo a Jason. E infine una donna, la mamma di Daisy. Nome sconosciuto ma probabilmente in coma."

"In coma? Cristo, Leo, in che casino ti sei cacciato? In che ospedale si trova?"

"Non ne ho idea."

"Immagino San Diego, quindi?"

"Per quello che ne so potrebbe anche essere New York o Timbuctu."

Bella rise. "Certo che sei utile. Cosa devo cercare?"

"Non ne ho idea."

"Ma lo stai facendo per Eric, vero?"

"Assolutamente. È un favore per lui, non per me."

"Parlando di pompieri alti e sexy, Eric è ancora impegnato, vero?"

Scoppiai in una risata. Bella aveva sempre avuto un debole per Eric e ci era rimasta male quando lui si era messo con Brady, almeno fino a che non li aveva visti insieme e a quel punto aveva detto che vederli così innamorati aveva addolcito anche il suo duro cuore di poliziotto.

Cap mi venne vicino e io gli grattai le orecchie. "Molto impegnato."

"Peccato. Okay, quindi: Jason, Daisy, un legame tra loro, non sai cosa stai cercando. E vuoi che rimanga tra noi. Chiaro."

"Grazie, Bella."

"Di niente."

Dopo aver guardato per dieci minuti Daisy giocare e Jason muoversi sempre più lentamente, decisi che era arrivato il momento di affrontare la seconda parte dell'uscita. Il negozio di articoli sportivi era uno dei tre che si affacciavano sul parco. Uno vendeva cibi alternativi, se così si potevano chiamare, e l'altro era uno studio dove si praticava yoga. Era chiaro che quell'area fosse predisposta per accogliere una certa categoria di residenti. Legai Cap all'ombra, vicino alla ciotola dell'acqua lasciata accanto ai ganci nel muro, e scortai i miei due ospiti all'interno. Presi anche un carrello, più che altro per avere qualcosa a cui appoggiarmi e sui cui posare le stampelle. Prendevo le cose a mano a mano che attiravano la mia attenzione, senza preoccuparmi troppo di scegliere, soprattutto perché Jason era sempre più pallido.

Solo nel reparto dei bambini indugiai un po' di più, incoraggiando Daisy a scegliere quello che voleva, il che significò tutto ciò che aveva un po' di rosa, dalla maglietta ai leggings, alle scarpe. Chiesi di preparare un conto unico e pagai senza pensarci due volte, poi riprendemmo la via di casa, con Jason che portava le borse e Daisy che camminava al mio fianco, la manina appoggiata sulla schiena di Cap.

Avevamo raggiunto casa di Sean e Ash quando mi accorsi che Jason non era più con noi. Si era fermato poco più indietro e, dopo aver posato le borse a terra, si era appoggiato alla staccionata.

"Jason?" Bussai alla porta di Ash, poi dissi a Daisy di sedere sui gradini del portico. "Vado a vedere come sta il tuo papà," le spiegai, dandole l'orsacchiotto rosa della Nike che aveva voluto comprare. Lei lo prese dolcemente tra le braccia e annuì, permettendomi di raggiungere Jason.

"Dai, Jason, andiamo dentro."

Lui aprì di un soffio gli occhi e si premette la mano al petto. "Promettimi che ti prenderai cura di Daisy," disse ma aveva la voce roca, ansimante.

"Ti porto dentro…"

"Promettimelo," insisté lui senza fiato e lasciò la presa sullo steccato per afferrarmi la maglietta. "Occupati di Daisy, qualunque cosa dovesse succedere."

"Lo prometto," dissi, senza capire cosa stesse succedendo. Non avrei mai permesso che le accadesse qualcosa di male, e non perché ero un poliziotto, ma perché ero il tipo d'uomo che si prendeva cura della propria famiglia e dei propri amici. Lui dovette aver percepito la sincerità nella mia voce, perché mi lasciò e si avvicinò, non per toccarmi, ma perché stava perdendo i sensi. Poi mi ritrovai per terra sotto il suo corpo semicosciente.

Capitolo Quattordici

Jason

Il dolore al petto era peggiorato dentro al negozio. L'ansia di trovarmi all'aperto e dovermi guardare ripetutamente intorno, aveva cominciato ad agitarsi e vorticare dentro di me fino a costringermi ad appoggiarmi allo steccato, o a un albero, o qualunque fosse l'oggetto che mi sosteneva. Non riuscivo a respirare, avevo la vista appannata e mi sembrava che la terra si muovesse. C'era un terremoto? Dovevo raggiungere Daisy e farle da scudo per difenderla da tutto quello che sarebbe potuto accadere. Ma non riuscivo a muovermi, qualcuno mi chiamava e poi due mani forti mi afferrarono le braccia.

"Respira," disse Leo scuotendomi leggermente per attirare la mia attenzione. Lo guardai negli occhi, perso nella loro profondità verde e ascoltai il suono della sua voce *dentro, fuori, trattieni, fuori...* Il mondo smise di girare e ritrovai piena coscienza del luogo in cui mi trovavo, per terra mezzo disteso sopra a Leo, che mi stringeva con forza. Mi rilassai contro di lui. Era passato un tempo infinito dall'ultima volta in cui qualcuno mi aveva abbracciato e sostenuto, e in quel momento il calore della sua stretta rappresentava la realizzazione di un sogno. Non pensai che, con ogni probabilità, lo stavo schiacciando, ma solo al fatto che lui forse avrebbe potuto farmi stare meglio, avrebbe potuto tenere Daisy al sicuro, stringermi e convincermi che ci fosse qualcuno disposto a fare di tutto per me. Lasciai scivolare lo sguardo sulle sue labbra e mi venne voglia di assaggiarle. *Ne ho così bisogno.* Ondeggiai ancora, questa volta vicino al suo viso e per un attimo immaginai il bacio. Sarebbe stato deciso, confortante e sexy... tutto quello che avevo sempre desiderato.

Mi allontanò, non fu proprio una spinta ma più un aiuto a sollevarmi, e poi c'era Sean a sorreggermi mentre entravamo in casa. Daisy mi stava attaccata ai pantaloni e io avrei voluto prenderla in braccio, ma riuscivo a stento a reggermi in piedi.

"Facciamolo sedere," disse Sean, poi altre voci si unirono alla sua in un monologo ininterrotto nella mia testa, fino a che non chiusi gli occhi e dissi loro di smetterla. Non so se lo urlai, o addirittura se le parole lasciarono mai la mia bocca, ma Sean cominciò a rivolgersi solo a me, chiedendomi quando avessi mangiato l'ultima volta e cosa fosse successo quando ero inciampato su Cap la notte prima.

Avevo la sensazione che la mia testa fosse piena di cotone e chiusi gli occhi.

Finalmente la tanto agognata pace.

"Allora, questo va qui e... sì... esatto. Cap, smettila. CAP! Svelte bambine, toglieteglielo." Seguirono delle risatine, la voce di Leo e un ringhio basso e per niente minaccioso di Cap, tipico dei cani quando giocano. "Cap, lascia andare Lulu!" sentii esclamare Daisy, e stava ridendo come se fosse felice. Aprii gli occhi e mi trovai mezzo disteso sul divano.

"Papà!" mi chiamò Daisy prima di arrampicarsi su di me per stringermi forte. Ignorai il dolore perché la mia bambina era lì, rideva e tutto andava bene.

"Ciao," disse Sean. Era al mio fianco e mi aiutò a togliermi Daisy di dosso per metterla a sedere per terra accanto a Cap. "A quanto pare la mancanza di cibo e di liquidi, insieme all'insonnia e a una brutta contusione al costato, ti hanno provocato un malessere."

"Un malessere?" domandai. Era talmente generico che per un attimo avevo dimenticato che Sean era un dottore.

"Una specie di attacco di panico. Il tuo respiro era del tutto fuori fase."

Non avevo più avuto un attacco di panico dal primo giorno in prigione, quando la porta si era chiusa alle mie spalle e lo scambio che avevo fatto per tenere al sicuro Rain e la nostra bambina si era scontrato con la realtà. Onestamente pensavo di aver superato tutta quella merda ed essere diventato una persona più forte.

Sì, come no!

Cosa dovevo fare? Ringraziare Sean? Invece, mi toccai il braccio dolorante fino alla mano, sul cui dorso era infilata una flebo. Mi guardai intorno e capii di essere di nuovo a casa di Leo.

Che era successo?

"Perché non mi hai detto che il dolore era forte?" Sean strinse le labbra e mi rivolse uno sguardo accusatorio. Non credo che mi considerasse il suo paziente ideale.

"Non lo era, ma la notte scorsa sono caduto in corridoio…"

"Va bene, ti ho attaccato una soluzione salina perché eri disidratato." Guardò Leo, che osservava dall'alto. "Non dire a nessuno che ho questa roba a casa."

Fece finta di chiudersi la bocca con una cerniera e Leo annuì, poi Sean tornò a rivolgersi a me.

"Presto dovresti sentirti meglio, ma dobbiamo parlare."

Cazzo, non mi piaceva per niente. Ogni volta che qualcuno diceva che era necessaria una chiacchierata non finiva mai bene.

"Di cosa?" Ero cauto e lanciai un'occhiata a Daisy, che era in piedi davanti a me e mi guardava fisso. Non volevo che il dottore mi facesse delle domande personali di fronte a lei, e lo stesso pensiero dovette affacciarsi alla mente di lui, perché guardò Leo, che alzò gli occhi al cielo e si rivolse a Daisy e Mia.

"Vorreste vedere Cap giocare con il frisbee?" chiese ma, mentre Mia correva verso la porta, Daisy non si mosse.

"Vai pure, carotina, andrà tutto bene."

Lei strinse gli occhi in un gesto che la fece assomigliare tantissimo a sua madre, ma sembrò rilassarsi quando le rivolsi un sorriso rassicurante. Mi impegnai a fondo, ma ci vollero comunque alcuni istanti prima che si convincesse e raggiungesse Leo alla porta dicendo a Cap di seguirla, anche se il cane era schizzato in piedi quando aveva sentito la parola frisbee.

Dopo che la porta si fu chiusa, Sean sedette sul divano di fronte al mio.

"Comincia dall'inizio," mi incoraggiò.

Dall'inizio? Neanche per sogno.

Quando vide che non dicevo niente, Sean proseguì. "L'unica cosa che mi trattiene dal portarti in ospedale è che Leo mi ha chiesto di non farlo," disse, prima di posarsi le mani sulle ginocchia e fissarmi cocciuto. "Ora dimmi cosa ti fa male e cosa è successo. In ordine."

Oh, non intendeva proprio l'inizio di tutto, ma come mi ero fatto male.

Billy mi aveva seguito dall'ospedale, dove avevo portato Rain, fino alla mia stanza d'albergo. Daisy era nascosta nell'armadio con gli occhi chiusi e le mani sulle orecchie e io lo avevo affrontato, dicendole che avrei chiesto aiuto.

"Il collo?" insisté Sean.

Sollevai la mano, quella senza flebo, e mi sfiorai la gola, che mi faceva ancora male nonostante i lividi cominciassero a vedersi.

Sean inclinò la testa, gli occhi ancora ridotti a due fessure. "Quindi hanno provato a strangolarti," concluse. "Per farti svenire o per ucciderti?"

Billy non stava scherzando mentre mi chiedeva dove fosse Daisy, mentre diceva che era sua e urlava che era colpa mia se Rain era finita in coma. Ma non lo stava facendo solo per sapere di Daisy, voleva proprio uccidermi. Lo avevo artigliato con forza nel tentativo di sfuggirgli, ero riuscito a insinuare le dita sotto alle sue e a invertire le nostre posizioni così che fosse lui quello contro il muro. Non avrei mai permesso che Daisy mi vedesse morire davanti ai suoi occhi.

"Jason? Raccontami del tuo collo," disse Sean, riportandomi al presente.

"Il braccio mi si è piegato a un angolo strano e ho penato che lui mi avrebbe... il braccio, ho pensato che fosse dislocato, ma sono riuscito a togliermelo di dosso prima che potesse..." Stava capendo qualcosa da tutti quei vaneggiamenti?

"Okay," si protese verso di me. "Poi che è successo?"

Lo specchio accanto all'armadio si era crepato ma per un attimo era sembrato restare intero, appeso alle due viti infilate nel muro sottile, poi però era scivolato frantumandosi in un milione di pezzi. Billy era caduto sui frammenti, ferendosi, e aveva afferrato una delle schegge più grosse prima di lanciarsi su di me.

"È così che mi sono procurato i tagli," dissi a Sean, rabbrividendo al ricordo.

"All'addome, alla coscia e sul collo?"

Si era infuriato quando gli avevo detto che Daisy non era lì e aveva tentato di sventrarmi, dicendo che mi avrebbe fatto morire dissanguato. Io speravo solo che Daisy avesse chiuso gli occhi e si fosse tappata le orecchie come le avevo chiesto e che non stesse assistendo a quella scena terribile. Avevo spinto Billy con forza e lui aveva sbattuto la testa, restando a terra il tempo necessario per permettermi di prendere Daisy, coprirle il capo con il mio giubbotto e afferrare la sua borsa. Eravamo passati accanto all'agente Federale che avrebbe dovuto proteggerci, un tizio di nome Ed, che era svenuto fuori dalla porta. Nei giorni successivi avevo controllato i giornali, ma non c'era nulla su un omicidio in un albergo, quindi avevo immaginato che Billy fosse ancora vivo. Nessuno aveva cercato di rintracciarmi e arrestarmi, e con ogni probabilità anche Billy era scomparso con la stessa rapidità con cui era arrivato.

"Ma siamo riusciti a scappare," dissi, incontrando i suoi occhi.

"Prenderesti in considerazione l'idea di venire anonimamente al pronto soccorso per delle lastre?"

"No," scattai, il cuore che mi batteva all'impazzata nel petto. "Hai detto che sono disidratato. Tutto qui." Ripetei la diagnosi che lui stesso aveva formulato e lo vidi scuotere la testa. "Non presento nessun sintomo di una commozione cerebrale e le costole non mi fanno male," proseguii. Non gli avrei mai permesso di portarmi lontano da Daisy.

"I rilassanti muscolari stanno…"

"Ti stanno ancora inseguendo?" lo interruppe Leo. Io trasalii e sollevai lo sguardo nella direzione da cui era arrivata la voce. Da quanto tempo era lì? Perché Sean non me lo aveva detto?

"Dov'è Daisy?" Mi sentii afferrare dal panico e mi alzai così in fretta da avere un giramento di testa.

Fu proprio Leo ad afferrarmi e sostenermi. "Va tutto bene. È lì fuori insieme ad Ash." Indicò la porta a vetri e la vidi seduta sul prato a gambe incrociate insieme al marito di Sean, intenta a giocare con Cap, che si rotolava sull'erba e agitava la coda. Era brava con lui, oppure era lui a essere paziente con lei? In ogni caso, stavano facendo amicizia e io mi rilassai.

"Jason?" mi chiamò Leo.

"Eh?" riportai lo sguardo su di lui e vidi che mi stava fissando.

"Ti stanno ancora dando la caccia?"

Non aggiunse *"Cosa hai fatto?"*, né altro che potesse suggerire che volesse una spiegazione. Parlava con un tono sommesso, e anche se io mi ero ripromesso di non fidarmi di nessuno ad eccezione di Eric, mi trovai a sperare di potergli dire la verità.

Non tutto, il minimo indispensabile per tranquillizzarlo e permettere a me e Daisy di restare lì per qualche settimana.

"Non possono sapere che sono qui," risposi alla fine e lui si irrigidì, per poi annuire come se avesse capito anche ciò che tacevo.

"È la tua occasione per raccontarci tutto," mi spronò Sean. "O almeno per raccontarlo a Leo."

"Non adesso." Avrei fatto di tutto per tenere Daisy al sicuro, persino fuggire insieme a lei se avessi pensato che fosse in pericolo, ma lì potevo riprendere fiato perché nessuno mi avrebbe mai associato a Eric, che non abitava neanche più in quella casa.

"Adesso riposati. Hai le costole ammaccate. Ti ho lasciato degli antidolorifici, prendili, okay? Non provare a smettere di soffrire solo quando dormi," mi ordinò. Poi si rivolse a Leo. "Sono di turno questa notte, ma verrò domani in tarda mattinata per un controllo."

Dopo che se ne fu andato, Leo mi diede una pillola e dell'acqua, e aspettò con le braccia incrociate sul petto finché non l'ebbi ingoiata, e solo allora sembrò rilassarsi. Ash e Mia erano tornati a casa e Daisy era rientrata. Lei e Cap erano impegnati in chissà quale storia complicata sui ricci e il povero cane si era ritrovato a dover indossare un cappello da cowboy. Poco alla volta, sentii i muscoli rilassarsi e il dolore affievolirsi.

Capitolo 14

Il mio telefono usa e getta era silenzioso, nessun messaggio che mi dicesse che Austin aveva trovato Billy, o che io e Daisy fossimo al sicuro. L'unica notizia che ero riuscito a verificare riguardava il tracollo di Silas Hinsley-King e la certezza della sua condanna. Entro venerdì avrei saputo per quanto tempo sarebbe rimasto dentro, ma la cosa non mi preoccupava. Ero un pesce piccolo e siccome ero anche bravo nel mio mestiere, lui non avrebbe mai scoperto che ero stato io a passare all'FBI i file con le sue attività. L'unica tessera mancante era che Austin arrestasse Billy.

Poi, Daisy ed io saremmo stati finalmente in salvo.

Capitolo Quindici

Leo

Il resto della giornata fu costellato da un momento imbarazzante dietro l'altro, non esattamente come avevo programmato di trascorrerla.

No, avevi in mente di restare nella tua casa vuota, con il tuo cane e un'intera stagione di una qualche serie su Netflix, a rimuginare sulla tua gamba rotta. Rassegnati.

Con un occhio guardavo Jason che sonnecchiava e con l'altro Daisy, che un attimo giocava tranquilla e quello dopo correva per la casa insieme a Cap come se avesse il diavolo alle calcagna. Provai a contattare Bella, ma sarebbe rimasta tutto il giorno a Los Angeles, il che mi lasciò incerto sul da farsi: andare io stesso in Centrale oppure svegliare Jason e costringerlo a dirmi da cosa e chi si stesse nascondendo.

Persi il conto del numero delle volte in cui fui tentato di controllare che non fossero stati diramati avvisi per la scomparsa di una bambina, o ordini di cattura per qualcuno che poteva assomigliare a Jason. Provai a guardare *Homeland* ma persi il filo dopo due minuti, presi un libro e il risultato fu lo stesso, così cercai di distrarmi organizzando la spesa a domicilio, ma anche quello si rivelò difficoltoso dal momento che non sapevo per quanto tempo sarebbero rimasti.

Cap mi si accostò e premette la testa contro la mia gamba, guardandomi con occhi imploranti, quasi volesse chiedermi perché non fossimo usciti per la nostra solita passeggiata. Lo grattai dietro l'orecchio con una mano, mentre con l'altra reggevo la tazza, del tutto propenso a concordare con lui sull'assurdità di quella situazione.

Sarei rimasto a casa fino a dopo Natale, considerato che mi era stato ordinato di attaccare alla malattia il numero impressionante di giorni di ferie che avevo accumulato, ma a un certo punto avrei pur dovuto smettere di fare il cane da guardia a quei due, no? E comunque, chi era davvero Jason? Ex carcerato? Padre? Bel ragazzo che aveva perso ogni grammo di sicurezza in se stesso ed era terrorizzato? E in cosa era implicato, se aveva così tanto bisogno di nascondersi?

Sentii vibrare il telefono e accettai immediatamente la chiamata. Avevo una tale voglia di parlare con qualcuno che non mi lasciai spaventare neppure dal fatto che fosse mia madre, nonostante sapessi che sarebbe stata capace di farmi spifferare ogni cosa se avessi osato abbassare la guardia.

"Ciao," la salutai per poi essere costretto ad ascoltare una lunga tirata in un italiano che non avevo nessuna speranza di decifrare. Avevo provato a studiare la lingua, ma l'italiano vero era diverso da quello che parlava mamma, la quale aveva l'abitudine di frammischiare la sua lingua madre all'inglese di New York, con un risultato che spesso nessuno capiva.

"… e poi boh, andata," finì lei con un sospiro e fu chiaro che mi fossi perso gran parte del discorso, ma non lo avrei mai ammesso per paura di incorrere nelle sue ire.

"Oh no," dissi perché mi sembrava la reazione più appropriata. "Posso fare qualcosa per aiutarti?

"A meno che tu non sia capace di riparare una caldaia, direi di no."

"No, non credo, mi dispiace."

"Parlando d'altro, porti qualcuno per il Ringraziamento, vero?" chiese, o affermò. Era sempre difficile capire quale delle due con lei.

Non potevo lasciare Jason e Daisy a casa da soli perché temevo che se ne andassero mentre non c'ero. Ma se anche lo avessero fatto, sarebbe stato un mio problema? La risposta era chiara: sì, perché volevo essere io a occuparmi di loro. Non era solo l'istinto del poliziotto che prevaleva dentro di me a volerli proteggere, era una specie di pensiero fisso che mi faceva desiderare di tenerli al sicuro e fare in modo che si affidassero a me. Magari avrei potuto chiedere a Sean di sostituirmi, ma perché? Per evitare che se ne andassero o per garantire la loro sicurezza? L'indecisione mi faceva girare la testa, ma trattandosi del Ringraziamento non avevo scelta.

"Certo che ci sarò, mamma, come al solito." Lo dicevo ogni volta che lei sollevava l'argomento, ma quel giorno aggiunsi: "E potrei portare qualcuno con me."

"Una ragazza? O un ragazzo? Papà!" chiamò lei prima che riuscissi a fermarla. "Leo porta qualcuno al pranzo del Ringraziamento! Allora, è un ragazzo o una ragazza? O nessuno dei due? O entrambi? Voglio dire che non si può mai sapere di questi tempi. Ti ricordi Sheila? Lavora al supermarket. Vabbè, in ogni caso mi ha detto che il cugino della sua amica..."

"Mamma, è Jason, lo conosci. Il ragazzo che ha salvato Eric durante l'incendio. Lui e sua figlia Daisy saranno miei ospiti per qualche giorno."

"Un eroe! Quindi è anche lui un *amico*?" Sottolineò l'ultima parola e cosa avrei potuto dirle? Jason non era *quel* tipo di amico, ma aveva senso stare a spiegarglielo?

"Sì, mamma."

"Bene, portalo allora, il tuo nuovo uomo, portali entrambi," disse con uno stridio così acuto che Cap l'avrebbe sentito anche se fosse stato fuori in giardino. "Ci vediamo giovedì. Non vedo l'ora. Ti voglio bene."

"Anche io, mamma," risposi mentre lei riattaccava. Perfetto. L'ultima volta che mamma aveva deciso di invitare uno dei miei ragazzi a cena, un mucchio di tempo prima, l'aveva spaventato al punto che ci eravamo lasciati qualche giorno dopo. E non escludevo che fossero stati i suoi discorsi sul matrimonio a farlo scappare a gambe levate.

"Potrei avere qualcosa per Daisy?" mi chiese Jason dalla soglia. Non era più pallido come prima, e doveva essersi fatto una doccia, perché aveva i capelli ancora umidi. Con la mente ancora rivolta alla telefonata, lo guardai senza rispondere.

"Eh?" mugugnai, incapace di dare una forma razionale ai miei pensieri.

"Ha detto che ha fame e lo so che non abbiamo… Un biscotto può bastare."

Guadai l'orologio e mi accorsi che l'ora di pranzo era passata già da un pezzo. "Preparo da mangiare. Daisy ha qualche allergia?"

Lui aprì la bocca, poi la richiuse, chiaramente indeciso su cosa rispondere.

"Non lo so," disse alla fine. "Ma non credo." Sembrava in preda alla confusione e mi venne voglia di stringerlo tra le braccia e dirgli che sarebbe andato tutto bene, anche a costo di dover mentire.

"Non hai trascorso molto tempo con lei, vero?"

Mi guardò incredulo. "Ti sei scordato che sono stato in prigione?"

"Non la portavano a farti visita?"

"No."

"Lo capisco, spesso è difficile per i bambini e lei è ancora piccola." Mi fermai un attimo a riflettere. Daisy stava per compiere quattro anni e Jason era stato dentro quasi altrettanto a lungo. "Lo sapevi che Rain era incinta?" gli chiesi all'improvviso e lui mi guardò sconcertato. "Te lo aveva detto?"

"Sì, me lo aveva detto," tergiversò, senza guardarmi in viso. C'era dell'altro, ne ero sicuro, ma sapevo anche che non avrebbe aggiunto niente di sua iniziativa.

Aprii il frigorifero e sbirciai dentro: uova, bacon,

latte, funghi, pomodori. "Credi che una frittata le piacerebbe? Oppure sono meglio le uova strapazzate?"

"Le uova," disse, riacquistando sicurezza. "Le uova vanno bene. L'ho vista mangiarle insieme al pane e al burro di arachidi." Fece schioccare le dita. "Non è allergica alle arachidi."

Fu bello zoppicare per la cucina con uno scopo, e non appena Daisy ebbe mangiato tutta la sua porzione di uova e toast di avena, mi sentii fiero delle mie abilità culinarie come quando avevo convinto Mia a finire un piatto intero di pollo e riso. L'aveva rifiutato da Sean, da Asher ed persino da Eric ma non dal suo amatissimo zio Fido. No, con me aveva mangiato tutto, anche se non era chiaro se dipendesse dal fatto che non avevo imitato un aereo con la bocca o se gli altri avessero già fiaccato la sua resistenza, e quindi fosse stanca di opporsi. A me piaceva pensare di avere un certo ascendente su di lei.

"Stai sorridendo," osservò Daisy, puntandomi addosso la forchetta.

Abbandonai il sogno a occhi aperti ma continuai a sorridere. "C'è di che essere felici."

Lei sembrava confusa. "Tipo?"

"Daisy, non sono domande che si fanno," intervenne Jason, ma io gli feci cenno che andava tutto bene.

"C'è il sole, a Cap piace nuotare in piscina e stavo proprio pensando di uscire."

"Voglio venire anche io," affermò lei con decisione.

E fu così che ci trovammo a bordo piscina. Dal momento che Mia bazzicava spesso nel nostro giardino, l'avevamo circondata con uno steccato e un cancello chiuso da un lucchetto, e quella scelta si stava rivelando utile anche per impedire a Daisy di cadervi dentro inavvertitamente, considerando che spesso era molto più veloce di noi due. Dovevo tuttavia rafforzare ancora di più le misure di sicurezza, soprattutto perché Jason passava ancora un sacco di tempo a guardarsi intorno o fuori dalla finestra. Non sapevo chi temesse di veder arrivare, ma non volevo correre rischi.

"Non sapevo che le piacesse," disse, mentre Daisy giocava nell'acqua bassa in pantaloncini e maglietta e coperta di protezione solare dalla testa ai piedi. "So che fa volentieri il bagno, ma forse mi sono sbagliato a proposito di Rain e…"

"Cosa?"

"Non importa."

Fine dell'assaggio di ciò che gli passava per la testa. Daisy non sembrava avere voglia di andare nell'acqua profonda e Cap, anziché nuotare, sembrava contento di tenerle compagnia. Jason li guardava dal bordo, con i piedi a bagno e gli occhi fissi sulla figlia. Mi dispiaceva di non poterli raggiungere, ma mi lasciai coinvolgere in una giocosa guerra a tira e molla con il frisbee e decisi anche di aiutare Daisy a schizzare Jason.

D'altronde, cos'altro avremmo potuto fare dopo averlo visto seduto lì, preoccupato e palesemente accaldato?

Naturalmente lo schizzo di Daisy fu quasi inesistente, ma io ero cresciuto in una famiglia numerosa e avevo vissuto con Eric e Sean, quindi sapevo benissimo come mettere le mani a coppa per sollevare più acqua, e anche come usare il frisbee allo stesso scopo. Daisy scoppiò a ridere, Cap abbaiò e Jason si asciugò l'acqua dalla faccia sorridendo.

Sarebbe stato possibile farlo entrare in piscina e, almeno per qualche momento, far sparire le ombre dai suoi occhi?

"Aspetta che ti prenda, Daisy-May," disse rivolto alla figlia facendo finta di ringhiare. Daisy rise di nuovo e si nascose dietro a Cap.

"Cap mi salverà," urlò, e io sorrisi. Avrei davvero voluto che Jason la raggiungesse.

Dopo un po' tornammo dentro casa portandoci dietro i teli bagnati e fermandoci solo per tamponare quel poco d'acqua che il sole non era riuscito ad asciugare. Il resto della giornata passò allo stesso modo: Jason che sonnecchiava sul divano, mentre Daisy gli stava rannicchiata addosso con il suo pupazzo rosso a forma di drago e lasciava esplodere le palle di pelo di un gioco che avevo trovato sul mio iPad.

"Possiamo andare via in qualsiasi momento tu lo desideri," mi disse lui quando ci mettemmo a tavola per la cena.

"Resterete qui dove posso controllarvi fino a che Eric non torna. Lui vorrebbe che vi permettessi di restare e di certo vorrà vedervi." Magari ero stato troppo assertivo, ma lui annuì.

Picchiettava impaziente le dita sul tavolo seguendo il ritmo di una canzone che doveva essere nella sua testa. Forse era una reazione nervosa, o forse un gesto che lo calmava.

"Vedremo cosa succede."

Io feci un sospiro sonoro, poi presi il telefono e

Capitolo 15

cominciai a scorrere freneticamente le pagine, passando dalle notizie al meteo per poi tornare alle notizie. Non riuscivo a concentrarmi su niente, tanto avevo la testa piena di altri pensieri.

Anche Jason sembrava assorto e fissava il vuoto.

A quanto pareva, eravamo entrambi in attesa di Eric.

Mangiammo in silenzio. Daisy era assonnata e appena finito Jason annunciò che sarebbero andati a letto. Io e Cap uscimmo per una passeggiata, ma senza allontanarci e assicurandoci di non perdere di vista la casa. Il dolore alla gamba mi infastidiva, così come il fatto di non riuscire a mantenermi indifferente nei confronti delle due persone che dormivano sotto il mio tetto.

Non avrei dovuto tenere a loro, giusto?

Invece, lo facevo.

Capitolo Sedici

Jason

Nonostante quello fosse il letto più comodo nel quale avessi dormito da chissà quanto tempo, ci misi parecchio ad addormentarmi, e quando lo feci non fu un sonno tranquillo. Mi svegliavo spesso, le dita che picchiettavano frenetiche sulle coperte e gli strascichi dei miei pensieri più oscuri che mi inseguivano nella stanza. In alcuni sogni ero di nuovo insieme alla mia famiglia. In altri ero in quella stanza d'albergo e non riuscivo a impedire a Billy di strozzarmi. Avrei voluto che il mio cervello si concentrasse solo su un orrore alla volta. Daisy si era addormentata in fretta abbracciata al suo drago e non aveva bisogno di me, ma io non potevo fare a meno di fissarla a lungo ogni volta che mi svegliavo.

Quel giorno in piscina, mentre giocava insieme a Cap era stata così... felice. Non sapevo cosa pensare, o se dovessi semplicemente accettare quella spensieratezza o magari preoccuparmi che lo shock le avesse fatto dimenticare quello che stava succedendo. Di certo aveva bisogno di essere vista da uno specialista e avevo tutte le intenzioni di portarvela non appena ci fossimo stabiliti in Vermont, o in qualunque altro posto avessimo deciso di mettere radici.

Avevo perso il conto delle volte in cui mi ero svegliato, avevo controllato Daisy in preda al panico per poi cercare di riaddormentarmi. Ero inquieto, arrabbiato con me stesso, avevo sete e dovevo in tutti i modi uscire da quella stanza. La porta della camera di Leo era chiusa. Aggirai con attenzione Cap, che si svegliò e mi seguì al piano di sotto, il ticchettio delle sue unghie un rumore rassicurante nel buio. Raggiunta la cucina, riuscii a evitare di sbattere contro i mobili o le sedie, ma trovare un bicchiere si rivelò più complicato, così accesi la luce della cappa, riempii una tazza con dell'acqua e sedetti al tavolo.

"Ciao." Non fu una sorpresa trovarmi accanto un Leo ancora assonnato. Sbadigliò, poi andò verso il frigorifero e si riempì una tazza di latte. Infine, sedette di fronte a me. Si passò entrambe le mani sul viso e sbadigliò ancora una volta. "Non riesci a dormire?" Io annuii e lui sospirò. "Il letto, Daisy, le ferite o i sogni?

"Scusa?"

"Cosa ti tiene sveglio? Il letto nuovo? Sei preoccupato per Daisy? Senti dolore o hai avuto un incubo?"

"Un po' di tutto," risposi, bevendo un sorso d'acqua dalla mia tazza. Era fresca e portò un po' di sollievo alla mia gola irritata. Mi sembrava di ricordare che Sean avesse detto che il dolore sarebbe scomparso con il

Capitolo 16

passare dei giorni, ma in quel momento mi sembrava di ingoiare schegge di vetro ed era una sensazione orribile.

"Vuoi parlarne?" chiese Leo.

Sì, avrei voluto raccontargli tutto: di Billy, di come l'unico mio desiderio fosse poter vivere in pace insieme a Daisy e poi spiegargli anche che quasi tutti i miei incubi finivano con noi due uccisi.

"No."

Lui mugugnò qualcosa sottovoce, poi si alzò per andare verso uno dei mobili e tirarne fuori una serie di contenitori di plastica. Mentre mi dava le spalle io non riuscii a evitare di fissare la striscia di pelle là dove la sua maglietta si era sollevata. Cercai di impedirmelo, ma il ricordo del nostro primo bacio e il fatto che fosse lì, proprio lì, mi resero impossibile staccargli gli occhi di dosso.

Aveva detto che non avrebbe dovuto baciarmi, e io ricordavo più che bene che lo aveva fatto solo per tapparmi la bocca. Prima si era offerto di aiutarmi, ma io sapevo che se avesse scavato troppo a fondo nella mia storia, avrebbe potuto scoprire l'esistenza di Rain, e a quel punto tutto sarebbe stato inutile.

Come sarebbe stato scambiare con lui un bacio vero? Quella volta era stato esigente e mi aveva zittito mentre gli stavo ordinando di smetterla di ficcare il naso e togliersi dai piedi. Sapeva di caffè e menta, lo ricordavo ancora bene, nonostante fosse passato del tempo.

"Festino di mezzanotte." Si voltò e mi colse in flagrante mentre lo stavo mangiando con gli occhi. Abbassai lo sguardo, ma feci in tempo a cogliere una scintilla di consapevolezza nella sua espressione: si era accorto che lo fissavo, ma almeno non sapeva cosa mi stesse davvero passando per la testa.

Da sotto le ciglia abbassate, vidi che ammucchiava sul tavolo alcune delle cose che aveva preso dal mobile. "Sono i resti di Halloween, e ora che Eric non vive più qui nessuno li mangia. Quindi serviti pure."

Alzai lo sguardo per accertarmi che non stesse scherzando, ma lui indicò i dolcetti con la mano, così presi i Milk Duds. Leo approvò la scelta con un suono gutturale che mi arrivò direttamente alle parti basse. Chissà che tipo di gli usciva a letto?

Perché diavolo mi vengono in mente certe cose? Non riesco nemmeno a respirare, figurarsi lasciare che qualcuno mi scopi fino a togliermi il fiato.

"Ottima scelta." Il suo commento mi fece tornare alla realtà. "Ora assaggialo."

Neanche ricordavo l'ultima volta che ne avevo mangiato uno. Aprii con attenzione il pacchetto e guardai dentro. "È solo una mia impressione, o ce ne sono meno rispetto al passato?"

Leo rispose con una risatina, un suono delicato che riecheggiò nella cucina silenziosa. "Non hai pensato che magari siamo noi a essere cresciuti?"

"No, no, io mi ricordo delle buste molto più grosse."

"Forse quelle normali. Queste sono le confezioni speciali di Halloween, così non contribuisco a far venire la carie ai bambini. Sean è andato fuori di testa quando mi ha visto tirare fuori le altre e mi ha fatto una predica infinita."

Si accese la luce della speranza. "Aspetta, vuoi dire che hai delle confezioni normali in casa?"

Lui si appoggiò allo schienale e si massaggiò la pancia piatta. "Ne ho mangiata una e ho portato il resto al lavoro."

Mi resi conto in quel momento che era la prima volta che parlavamo senza innervosirci a vicenda, ed era piacevole.

"Capito." Masticai le pepite di cioccolato in silenzio. Poi, dopo averle gustate tutte e cinque e con l'intenzione di non finirla lì, allungai la mano verso un altro dolcetto. Quando sollevai lo sguardo, lo trovai a sorridermi come un idiota, e no, non mi ero sbagliato: aveva un sorriso meraviglioso.

"Vogliamo metterla così, quindi, eh?" Fece scivolare verso di sé i quattro pacchettini di Skittles, poi inarcò un sopracciglio in segno di sfida. Era un gioco stupido e infantile, ma mi faceva sentire bene, anche nel mezzo della notte. Inoltre, lui stava sorridendo, e cavolo, io pure.

Presi il Twix e quando lui imprecò sottovoce alzai il pugno in segno di vittoria, contento di avergli sgraffignato il suo secondo dolcetto preferito. Provò a riprenderselo, ma io lo fermai e per qualche secondo lottammo per la barretta, ridendo entrambi come idioti. Poi lui si fermò e io smisi di tenerlo lontano, e all'improvviso, senza volerlo, ci trovammo con le dita intrecciate.

"Jason..." mormorò Leo, ma io non sapevo cosa rispondere e, soprattutto, non volevo toccarlo. Era sexy, scarmigliato e aveva un sorriso che avrebbe stregato gli déi, e mi faceva paura l'intensità con cui desideravo di far parte del suo mondo di sole e arcobaleni. Avrei avuto bisogno di una doccia fredda per sgonfiare l'erezione che mi tendeva i pantaloni del pigiama. Sciogliemmo le nostre dita, ma la scintilla dell'attrazione rimase ad aleggiare sopra di noi. Poi Leo cambiò argomento, cercando di alleggerire l'atmosfera.

"Bene, ora tocca a me, e se il tizio a cui ho dato un letto e un tetto non sarà gentile..." Rise e prese un Twinkie, il che limitò la scelta successiva tra i Candy Corn e i Sour Patch Kids. Non mi piaceva nessuno dei due, ma toccava a me scegliere e non volevo che quel momento finisse. Se fossi stato un bravo ragazzo, avrei offerto a lui la scelta, ma non era quello lo scopo del gioco così decisi che i Candy Corn erano il male minore: presi le tre buste e le aggiunsi al mio bottino.

Leo tirò verso di sé quello che restava e scosse la testa. "Non riesco a credere che tu mi abbia fatto una cosa simile," mormorò e si intascò i Sour Patch Kids. "Le caramelle del diavolo," disse stringendosi nelle spalle. Poi guardò il mio mucchietto e mise su un piccolo broncio.

"Possiamo fare a cambio," mi offrii immediatamente, ma lui scosse di nuovo la testa, rivolgendomi quel suo sorriso disarmante.

"Ti sto prendendo in giro. Ce li siamo divisi equamente."

Nessuno dei due mangiò granché di quello che avevamo accumulato, ma era stato bello giocare e divertirsi per arrivare fin lì. Non mi sentivo ancora stanco e se a ciò si aggiungevano gli zuccheri che avevo appena mangiato era probabile che non avrei più dormito per il resto della notte.

"Vuoi qualcosa da bere?" chiese Leo. "Cioccolata?"

La serata era molto mite, ma l'idea della cioccolata calda mi sembrò perfetta. E avrei sempre potuto sbirciarlo mentre la preparava, immaginandomi tutti i possibili *se*.

Se non mi fossi preso la colpa per un crimine che non ho neanche commesso?

Se fossi stato abbastanza coraggioso da continuare a stringergli la mano e dirgli che non sono riuscito a togliermelo dalla testa neppure nei momenti peggiori? Nonostante lui sia apparso tutt'altro che contento di avermi baciato?

Se ai suoi occhi non fossi che un delinquente che non merita niente?

Bevemmo la cioccolata in silenzio e piano piano cominciai a sentire la stanchezza.

"Dovremmo riprovare a dormire," sembrò leggermi nel pensiero Leo.

Lasciai gli snack sul tavolo e mi avviai verso il piano di sopra, con lui che mi seguiva da vicino. Sentivo di dovergli qualcosa, forse un ringraziamento per averci ospitati, o gratitudine per non aver fatto troppe domande, così mi fermai nel corridoio, accanto a un Cap ormai del tutto sveglio.

Mi voltai e lo guardai nel bagliore soffice della luce notturna che aveva attaccato alla presa per Daisy. Erano due; l'altra, a forma di luna, era accanto al suo lato del letto. Daisy l'aveva adorata e aveva provato a convincermi che l'avrebbe guardata per tutta la notte, anche se poi si era, ovviamente, addormentata.

Leo era vicinissimo e stava cercando di superare Cap: una mano appoggiata al muro e lo sguardo sui propri piedi.

"Ricordi il bacio?" mi chiese nella semioscurità.

"Sì. Lo ricordo."

Lui fece una smorfia, poi mi fissò. "Io ricordo che stavamo discutendo. Tu mi dicevi di togliermi dai piedi e di smetterla di ficcare il naso e io, per farti stare zitto, ti ho preso e ti ho baciato. Poi me ne sono pentito."

La delusione non tardò a tornare. Per un attimo avevo sperato che mi avrebbe detto che non era stato un errore, e che quel *Cosa ho fatto?* non volesse effettivamente significare che rimpiangeva le proprie azioni.

Quel bacio mi aveva perseguitato a lungo, radendo al suolo anche quel poco di autostima che mi era rimasta.

"Sì, esatto," risposi, mentre allungavo la mano verso la maniglia della porta della mia stanza. Lui però me l'afferrò e la strinse.

"Mi dispiace per quello che ho detto."

Mi liberai. "Perché? Mi hai baciato e non avresti dovuto. Sono state queste le tue parole."

"Non capisci."

"E neanche lo voglio." Finsi di essere scocciato, ma lui mi riprese la mano, questa volta con più gentilezza. "Non ero pentito di averti baciato."

"A me era sembrato di sì!"

"Cazzo!" Si sfregò gli occhi. "Giuro che non intendevo che non volevo baciarti, ma solo che non era il momento giusto e avrei dovuto aspettare."

"È quello che pensi adesso," dissi, cercando di alleggerire quella che stava diventando una conversazione troppo intensa.

"Ascoltami, Jason. L'unica cosa di cui mi pento è che non abbiamo avuto la possibilità di farlo di nuovo."

Mi voltai a guardarlo. "Scusa?"

"E in ogni caso non ti ho dato ascolto e ho letto il tuo fascicolo. Non c'era ragione per cui tu dovessi andare in prigione, nessuna prova che dimostrasse che avevi preso i soldi della iTech. Eppure, non hai cercato di smentire le accuse. Perché?"

Cavolo, quello sì che significava andare dritto al punto.

"Ho fatto quello che era giusto per la mia famiglia."

Mi attirò a sé e io non lo respinsi, finché non mi intrappolò contro il muro: una mano che stringeva la mia e l'altra puntellata accanto alla mia testa.

"Lo so," sussurrò un attimo prima di baciarmi di nuovo. Fu un tocco gentile, uno sfiorarsi quasi impalpabile, ma bastò a capovolgere tutto il mio mondo. Quando ci separammo, seppi che quello era il bacio che mi ero ripromesso di ricevere, il conto in sospeso che ora potevo chiudere. Avrei dovuto respingerlo, dirgli che era stato un errore, poi andare in camera mia e provare a dormire. E al mattino avrei dovuto ricominciare a pensare ai passi successivi necessari per dare inizio alla mia nuova vita con Daisy.

"Leo…"

Ma lui mi zittì con la sua bocca, e fu il bacio più sexy che avessi mai sperimentato con i vestiti addosso. Sentii le gambe trasformarsi in gelatina e gli afferrai la maglietta, mentre lui inclinava la testa e intrecciava la lingua alla mia. Non era come il bacio nei bagni della caserma: quello era stato breve e violento, questo invece era al tempo stesso un'esplorazione e una promessa.

Liberai la mano dalla sua stretta e per un attimo lui si staccò, ma io non lo volevo. Gli feci scivolare le dita sulla nuca e lo tenni fermo, mentre inclinavo la testa per avere un'angolazione migliore. Non volevo che fosse un bacio unilaterale. Cercavo l'esperienza completa, quella connessione che avevo sognato nei periodi peggiori in prigione, nonostante lui avesse detto che non avrebbe dovuto baciarmi. Leo mi accarezzò la lingua con la propria, senza violenza, aggressività, rabbia o desiderio, ma in un'esplorazione delicata che abbatté ogni mia difesa.

Rimpianto, affetto, desiderio e disperazione si riversarono dentro di me come un fiume in piena, e il dolore mi chiuse la gola. Mi aveva assicurato che mi avrebbe aiutato se ne avessi avuto bisogno, ma io lo avevo respinto senza pensarci due volte e ora era troppo tardi. Mi allontanai e lui inseguì il bacio con gli occhi chiusi, fermandosi solo quando fu chiaro che non volevo più.

"Jason?"

"Non vuoi baciare un ex-carcerato."

"Sì, invece."

"Non riusciresti a dimenticare chi sono."

"Jason, ti prego…"

"Non sono come mi immagini tu," lo interruppi. "È Daisy la mia priorità. Ho un passato e tu sei un poliziotto. Non potrebbe mai funzionare."

"Se non potrà mai funzionare, allora perché ho voluto baciarti sin dalla prima volta che ci siamo visti e perché voglio prendermi cura di te? Dovrei cercare di scoprire chi ha provato a farti del male e perché sei qui, invece sto seduto fermo e non faccio niente. Niente."

Quelle parole mi arrivarono dritte al cuore, ma non potevo raccontargli tutto. Non in quel momento. Non quella sera. Avevo bisogno di spazio, così mi liberai e mi scostai da lui, scavalcando Cap e rifugiandomi nella mia camera. Rimasi per qualche secondo con la schiena appoggiata contro la porta, intento ad ascoltare la sua voce roca che parlava a Cap. Poi anche la sua porta si chiuse. Era nella sua stanza e io nella mia.

Come era giusto che fosse.

Mi svegliai ogni mezz'ora in preda al panico, fino a che non decisi che avrei messo qualcosa davanti alla porta, come per esempio la sedia della piccola scrivania che si trovava nell'angolo. In quel modo, se Daisy si fosse svegliata e l'avesse spostata, l'avrei sentita. Quello era stato il piano alle tre e mezza. Alle quattro avevo paura che saremmo potuti restare intrappolati in quella camera mentre la casa andava a fuoco, il che significò che quando si fecero le cinque ero di nuovo in quello stato ansioso che pensavo di aver superato in prigione.

Che vita di merda!

Arrivò il momento della colazione e io mi ripromisi di non usare Daisy come scudo metaforico dietro a cui nascondermi, a meno che non si rendesse davvero necessario, senza esitazione e senza vergogna. Era probabile che ciò mi rendesse un pessimo padre, ma cavolo, non avevo quasi chiuso occhio e Leo aveva quel modo di fare che mi faceva desiderare cose che non avrei mai potuto avere.

Sapevo che era indispensabile affrontarlo dopo quello che era successo la notte precedente, e sapevo anche quali parole usare per spiegargli quanto fosse sbagliato agire sull'onda dell'attrazione, ma nel momento in cui misi piede in cucina la mia mente si svuotò.

Leo non era solo.

Aveva già messo avanti le mani, tutta innocenza. "Prima che tu dica qualcosa, questa è Lillian, un'amica di Sean, nonché psicologa infantile. Sean le ha chiesto di venire in via del tutto confidenziale."

Presi immediatamente Daisy in braccio. Non saprei spiegare cosa mi avesse spinto a farlo, considerato che lei era tranquilla e stava salutando Cap con un abbraccio, e infatti cominciò ad agitarsi affinché la rimettessi giù. L'unica cosa che sapevo era che c'era una sconosciuta in casa e mi stava osservando come se volesse giudicarmi.

C'era una luce gentile nel suo sguardo, ma ciò non toglieva che avesse un'aria critica. Per qualche secondo fui combattuto tra l'istinto di darmela gambe e una sensazione di sicurezza, e avrei voluto gridare a Leo che né io né Daisy eravamo pronti per accogliere persone nuove nelle nostre vite. Dall'altra parte, però, avvertivo il bisogno disperato che qualcuno, un esperto, mi assicurasse che Daisy sarebbe stata bene.

"Sono venuta per la colazione," disse Lillian, bevendo il suo caffè. "Tutto qui."

"Non può essere tutto qui. Non ho i soldi per... e come fa...?" Non riuscivo a parlare e mi rivolsi a Leo in cerca d'appoggio, solo che lui non fu di grande aiuto, seduto davanti all'isola imbandita.

"Mangiamo," disse.

Avevo la testa piena di domande, ma alla fine misi giù Daisy, che corse ad abbracciare Cap e poi salì sullo sgabello.

"Ciao, Daisy, io sono Lillian," si presentò la donna, e bastò quello a farmi irrigidire.

"Ciao," rispose Daisy dopo avermi scoccato un'occhiata. Cosa avrei dovuto fare? Proibirle di salutare? Avevo davvero intenzione di fare una scenata? Non era quello il buongiorno che mi aspettavo dopo quello che era successo durante la notte. Non era la discussione imbarazzata su quanto fosse sbagliato baciarsi in quella situazione. No, quella che mi stava davanti era un'esperta di bambini venuta per valutare mia figlia. Cosa sarebbe successo se avesse giudicato che non ero un buon padre?

Aiutai Daisy a mangiare i suoi pancake e poi, siccome aveva ancora fame, le diedi un pezzo del mio bagel ancora intatto, che lei finse di far cadere accidentalmente per terra, dove venne di fatto aspirato da Cap.

"Non devi dare del cibo a Cap," la rimproverai con fermezza, odiando il tono della mia voce e certo di star sbagliando tutto. Leo però non gli dava nulla tra i pasti e io volevo rispettare le regole dell'uomo che ci ospitava.

"Ma sembra che abbia fame," obiettò Daisy, guardandomi con i suoi occhioni innocenti. Diavolo, sarebbe stata capace di convincere la pioggia a non cadere.

"Non ha fame, Daisy, quindi basta. Intesi?"

Lei mise il broncio, ma tornò serena quando cominciò a bere il suo succo. L'ansia mi divorava mentre aspettavo che la dottoressa cominciasse con le domande. Sentivo su di me lo sguardo di entrambi e mi faceva male la testa. Per fortuna, Leo venne in mio soccorso.

"Hai dormito bene, Daisy?" chiese, versandole altro succo.

"Hm, hm," mugolò lei, annuendo. Le diedi un avvertimento con il gomito. "Grazie," aggiunse allora; poi mi rivolse un sorriso così radioso che mi fece allargare il cuore.

In prigione avevo sognato spesso di vederla sorridere, solo che non immaginavo che ci saremmo trovati nella cucina di un poliziotto, bensì nei boschi dietro alla casa che avevo preso in affitto a Hill Valley, con indosso giaccone e stivali, mentre saltavamo dentro alle pozzanghere e giocavamo con le foglie cadute.

Era quello il modo in cui la mia mente l'aveva raffigurata: in un posto sicuro affidata alle cure condivise mie e di sua madre.

"Tu invece?" mi domandò Leo, e io dovetti costringermi a distogliere lo sguardo dalla sua bocca, un'impresa davvero difficile.

"Io?"

Mi rivolse un sorriso con tanto di fossetta, luminoso quasi come quello di Daisy. "Hai dormito bene?"

Avrei potuto mentire e dirgli quello che voleva sentire, ma ero stanco e nervoso, e la verità mi affiorò naturalmente sulle labbra. "Non avrei voluto svegliarmi da solo," dissi, lanciando un'occhiata di sbieco a Daisy, che dondolava le gambe.

"Ti capisco," rispose lui.

"Leo mi stava dicendo che ti piace la piscina," disse Lillian rivolta a Daisy, che annuì vigorosamente, i riccioli che le ballonzolavano sulle spalle. Forse aveva bisogno di un taglio di capelli, o di qualcosa che glieli tenesse lontani dal viso, e aggiunsi anche quello alla lista di cose da fare per lei. Mi serviva una copia del suo certificato di nascita, il libretto dei vaccini e tutto quello che potesse aiutarmi a farmi un'idea dei suoi primi quattro anni. Perché, a meno che Rain si svegliasse, non sapevo niente di come era stata la sua vita prima che la prendessi e fuggissimo.

"Non sono bene a nuotare," mormorò lei.

"Brava," la corressi e lei arricciò in naso in una piccola smorfia.

"Okay, ma non sono bene a nuotare." Dio, quanto volevo abbracciarla. Avrei potuto correggerla di nuovo, ma avevo solo voglia di ridere e mi serviva un po' di positività.

"Come vuoi," concessi e ci avvicinammo per sfiorarci la punta del naso.

"Però ti sei divertita," intervenne Lillian, interrompendo il nostro piccolo rituale e avrei voluto arrabbiarmi con lei, ma soprattutto volevo sentire la risposta di Daisy.

"Tanto. Papà, posso andare a giocare?"

Non avevo intenzione di costringerla a restare a tavola solo perché la dottoressa potesse farle delle domande, e comunque sembrava che anche quest'ultima avesse altre idee in mente.

"Ti piace colorare? Ho tantissime matite con i colori dell'arcobaleno, vorresti vederle?"

Ancora una volta Daisy mi guardò in cerca di rassicurazione e io mi sentii il miglior padre del mondo; era bello che vedesse in me una guida, anche se poi mi si chiuse la gola al pensiero che in realtà non sapesse di chi potersi fidare. I bambini non dovevano essere aperti e fiduciosi verso tutti? Non era per quello che i genitori dovevano sempre tenerli d'occhio?

"Sì." Andò in salotto dove potevo vederla e Lillian fece per seguirla reggendo un mano una grossa scatola di matite e un libro. La fermai quando mi passò vicino e lei mi rivolse uno sguardo interrogativo. Cosa volevo dirle? Di lasciare in pace Daisy? Che volevo assistere anche io? Oppure avrei semplicemente dovuto fidarmi di Leo e credere che non le avrebbe permesso di entrare se non fosse stata una persona degna di fiducia? Alla fine, non dissi nulla, ma andai a sedermi sul divano da dove potevo vederla parlare con Daisy e con Cap, che provò ad assaggiare una matita rossa e la sputò disgustato. Daisy rise così tanto che le vennero le lacrime agli occhi e Cap passò almeno un minuto a leccarsi le labbra disgustato, come se in quel modo potesse cancellarsi dalla bocca quel sapore ceroso.

Dopo un po' Lillian tornò in cucina. Io mi assicurai che Daisy giocasse tranquillamente con Gino Riccio, Lulu e tutta l'allegra comitiva di altri animaletti, poi la seguii.

Quando li raggiunsi, immaginai che lei e Leo

avessero già affrontato l'argomento di come procedere da quel punto in poi, così partii in quarta. Chiusi la porta. "Lei resta con me," affermai. Non avevo intenzione di transigere su quel punto e volevo che fosse chiaro fin dall'inizio.

"Certo che resta con te," rispose Lillian, prima di accigliarsi. "Non sono qui per portare via Daisy, ma per aiutarla. Per accertarmi che nel periodo in cui non sei stato con lei non abbia subito abusi, né ferite di sorta."

Ebbi la netta sensazione che la testa mi si svuotasse completamente e mi abbandonai sul primo sgabello che trovai. "Abusi? Crede che…"

"Ho solo fatto una valutazione iniziale, ma sembra una bambina felice. Confusa e nervosa, forse un po' ansiosa, ma è insieme alla persona di cui più ha bisogno: suo padre."

"Ma…"

"Per quello che vale, non mi sembra che nasconda niente, anche se ha accennato a un certo Papà-B, dicendomi che non avrei dovuto raccontarlo a nessuno. Ha persino coperto le orecchie al cane, quindi immagino che sia stato tu a chiederle di non parlarne."

"Solo perché… Merda… ho fatto casino?"

Lillian scosse la testa, poi mi porse la mano, che io accettai. "Mi piacerebbe tornare, magari a giorni alterni, per aiutarla a parlare di tutto ciò che le sta causando ansia. Sai qualcosa della vita che ha condotto insieme a sua madre?"

Oh, oh, quella sì che era una virata rapida. Aveva buttato lì l'idea di visite regolari e ora parlava di Rain? Irrigidii le spalle e alzai la testa in segno di sfida.

"Prima cosa, non ho i soldi per pagare la sua consulenza, e secondo, staremo benissimo insieme. Troveremo il modo di capire cosa è successo con sua madre e ne usciremo."

Ho paura di sapere che tipo di vita conducesse Rain, ma io e Daisy dobbiamo intraprendere questo percorso da soli.

Lillian annuì, poi cominciò a enumerare con le dita. "Primo, devo un favore a Sean, quindi non vi costerà niente. Secondo, Daisy ha solo detto che sua madre era triste, senza scendere nei particolari."

"Mi fa piacere che ci capiamo," dissi con un tono di sfida.

Lei sorrise e mi posò una mano sul braccio. "Tornerò a titolo gratuito e… su con la vita, papà. Stai facendo un buon lavoro."

Leo l'accompagnò alla porta, poi zoppicò verso di me. Quando mi fu vicino, con una mossa rapidissima nonostante il gesso, mi prese tra le braccia e mi baciò. Io rimasi di sasso, e quando riuscii finalmente ad allontanarmi, lo guardai con sospetto.

"Perché diavolo l'hai fatto?"

"Per dimostrarti che non dobbiamo essere imbarazzati per ciò che è successo la notte scorsa, e che baciarsi va bene."

Lo spinsi via, mandandolo a sbattere contro il mobile più vicino. "Che vorresti dire? Ho l'approvazione di Lillian e quindi va bene che San Leo mi baci?" Anche mentre le parole mi uscivano di bocca, sapevo che mi stavo comportando da bastardo e che il mio era solo un meccanismo di difesa.

Leo fece una risatina di gola. "Non c'è niente di

santo in quello che vorrei farti, e in ogni caso ti ricordo che *io* ti ho già baciato ieri notte." Spostò lo sguardo oltre le mie spalle, dove Daisy stava entrando di corsa insieme a Cap. "E comunque, Jason, penso anche io che Daisy sia fortunata ad averti come padre."

Capitolo Diciassette

Leo

Il resto della giornata trascorse con una lentezza esasperante, e sapevo che era colpa mia. Non solo avevo baciato, e più di una volta, l'uomo che avrei dovuto tenere d'occhio, ma gli avevo anche detto che era un buon padre. Avevo davvero bisogno di parlare con qualcuno di quell'attrazione incontrollabile che nutrivo nei suoi confronti. Chiunque sarebbe andato bene. Sean mi avrebbe aiutato a calmarmi; i miei fratelli avrebbero riso con me e mi avrebbero fatto capire che anche quell'attrazione un po' folle poteva essere gestita. Lorna, mia sorella, voleva solo che fossi felice, ma d'altronde lei era nella fase rose e fiori con il suo nuovo ragazzo.

Eric mi avrebbe ascoltato e poi mi avrebbe preso in giro fino alla morte, ma in quel momento era lontano, sulle colline, forse impegnato a combattere contro un incendio o accampato su qualche terreno impervio.

Forse era arrivato il momento di prendere davvero in

considerazione quell'attrazione che provavo verso Jason, perché sentivo che poteva essere qualcosa di... speciale. Reale.

La mia ultima partner era stata Lisa della Narcotici; prima di lei c'era stato Liam, che si era trasferito a New York, e prima ancora Luke, che era passato all'FBI. I miei precedenti con colleghi il cui nome cominciava per L era terribile, e dovevo assolutamente ampliare i miei orizzonti. Mi ero persino illuso di poterli amare, ma alla lunga nessuna di quelle storie aveva funzionato.

Secondo mamma, essere bisessuale significava avere il doppio delle possibilità delle altre persone, ma non era vero. Ero esigente, e nessuno fino a quel momento era stato capace di mantenere vivo il mio interesse. Non al punto di farmi innamorare di lui/lei, e neanche di provocare in me una reazione come quelle che avevo visto in Sean ed Eric. Loro erano felici, e se da una parte io non invidiavo la loro soddisfazione, dall'altra mi sentivo solo, e forse era stato quello a scatenare quel bisogno di baciare Jason.

Mi girai e rigirai nel letto e presi qualche antidolorifico leggero per la mia gamba, ma mi sentivo sempre nervoso e agitato e, quando alla fine mi addormentai, i sogni si trasformarono in incubi, mescolando i ricordi della mia infanzia alle immagini di Jason e Daisy, fino a che non mi svegliai sudato, imprecando contro il mio cervello marcio. Alla fine, decisi di alzarmi e farmi una doccia. Ero riuscito a dormire circa cinque ore, ma quando uscii, Cap non era al suo solito posto davanti alla porta. Jason era ancora a letto, ma non Daisy, che era sveglia e vicino alla casa delle bambole, in compagnia del mio cane.

"Buongiorno, Daisy," la salutai piano per non spaventarla, ma evidentemente abbastanza forte da farla trasalire. Non riuscivo a credere di non averla sentita scendere. Che razza di poliziotto ero?

"Ciao," rispose lei, lanciandomi un'occhiata e riuscendo in qualche modo a nascondersi dietro a Cap. Detestavo che non si fidasse di me, ma non potevo certo biasimarla dopo che mi aveva visto spingere suo padre contro il muro.

"Vuoi i pancake?" le chiesi, sperando di guadagnarmi in quel modo un sorriso.

"Non tutti i giorni, sciocchino," fu la sua risposta, e probabilmente aveva ragione: non potevamo mangiare pancake tutti i giorni. Meglio quindi che mi sbrigassi a pensare a qualcos'altro.

"Ho dei cereali, dello yogurt e della frutta." Zoppicai verso la cucina sostenendomi al muro e tirai fuori dal mobile i vari tipi di cereali che mi ero fatto consegnare, insieme ad alcune mele, banane, bagel, formaggio, latte e diversi vasetti di yogurt. Poi cominciai a preparare il caffè e sentii il ticchettio delle unghie di Cap sul pavimento, seguito dalla voce di Daisy che gli sussurrava che presto avrebbe anche lui avuto la sua colazione.

"Ti piacerebbe mettere i croccantini nella sua ciotola?" le domandai mentre si arrampicava sullo sgabello. Quando Mia era entrata nelle nostre vite, avevamo comprato degli sgabelli con lo schienale, cosicché non potesse sedersi e cadere dall'altra parte. Mia però non era ancora grande abbastanza e non sapevamo se il sistema funzionasse. Mi affrettai a prendere la ciotola e i croccantini, rischiando per ben due volte di cadere, perché non avevo con me le stampelle, e alla fine insieme preparammo la colazione per Cap.

"Posso dargli i biscotti con le petite?" mi chiese mentre prendeva i croccantini a uno a uno e li metteva dentro alla ciotola. Credo che per petite, intendesse le pepite di cioccolato. Non ne ero proprio sicuro, ma per il momento decisi di optare per quell'interpretazione.

"I cani non possono mangiare il cioccolato. Gli fa male," le spiegai, accarezzando la testa di Cap, che spostava il peso impaziente da una zampa all'altra. "Inoltre rischia di diventare molto grasso se gli diamo sempre i biscotti."

Cap avrebbe mangiato anche i sassi, se avesse potuto. Una volta aveva rubato una pagnotta da sopra il microonde, anche se non ero ancora riuscito a capacitarmi di come avesse fatto ad arrivare fin lassù, e un'altra volta si era sbafato un intero cartone di caramelle, incarti e tutto, che poi avevo dovuto pulire per intere settimane. Oddio, tranne quando ero al lavoro, nel qual caso era toccato a Eric, e cavolo se non si era lamentato.

Mi veniva ancora da ridere a pensarci.

"Vuoi sapere una storia buffa?" chiesi, aspettando che lei mi desse il suo assenso prima di continuare. "Una mattina sono sceso e Cap aveva intorno al collo il coperchio del secchio della spazzatura. Ci aveva infilato la testa per recuperare della pizza ed era rimasto incastrato." Daisy mi guardò e mi venne voglia di farla ridere, così imitai la scena, con tanto di occhi sgranati, e lei fece una risatina divertita.

"Sciocchino di un Cap," disse, e nel sentire il proprio nome, lui salì con le zampe sullo sgabello accanto al suo e iniziò a scodinzolare eccitato. "Sciocchino," ripeté lei, abbracciandogli la testa. Lui non reagì, continuò solo ad agitare la coda e a guardarmi adorante. Bravo il mio ragazzo.

In un giorno normale, gli avrei dato da mangiare dopo di me, come consigliava un libro che avevo letto quando era ancora un cucciolo, ma quella era un'occasione speciale. Una volta pienata la ciotola, Daisy mi aiutò a posarla per terra, poi ne riempimmo un'altra con l'acqua, e infine ci facemmo indietro per guardarlo recuperare i croccantini dalla complicata spirale. Farne scendere e mangiarne uno alla volta era un gioco divertente e lo costringeva a prendersi il suo tempo, quando prima era solito aspirare tutto in un paio di bocconi. Fu divertente guardarlo impegnarsi tanto, fino a che non fu anche il nostro turno di fare colazione.

Daisy scelse i Lucky Charms, mentre io andai dritto verso i miei preferiti, i Cookie Crisp. Vi aggiunsi il latte e cominciai a mangiarli lentamente, proprio come faceva Daisy. Non volevo essere il primo a finire, preferendo svuotare la tazza insieme a lei, per poi sparecchiare sotto il suo sguardo attento.

"Papà cosa mangia?" mi chiese, mentre chiudevo lo sportello della lavastoviglie.

"Quello che vuole."

"Potrebbe mangiare i biscotti con le petite," disse lei seria.

"Certo."

Dalle scale arrivò un rumore che assomigliava alla carica di un branco di elefanti, e immaginai che Jason si fosse svegliato senza trovare Daisy al suo fianco.

"Ehi." Arrivò in cucina senza fiato. Andò immediatamente da Daisy, le posò un bacio sulla testolina e annuì nella mia direzione.

Daisy mi indicò. "Ha detto che puoi mangiare tutti i biscotti con le petite," disse, prima che suo padre, divertito, l'abbracciasse e la baciasse di nuovo sui capelli ingarbugliati.

"Davvero?" le chiese. "E poi tu cosa mangi con il latte?"

"Questi," rispose, aprendo il palmo dove stringeva uno dei croccantini di Cap. Io non riuscii ad arrivare in tempo e Jason proprio non se l'aspettava, così la guardammo entrambi orripilati mentre se lo metteva in bocca e lo schiacciava tra i denti. Fece una smorfia ma ingoiò, poi guardò suo padre. "Non mi piacciono i croccantini," disse.

Jason ci mise qualche secondo a capire quello che era appena successo. "Scusa," sussurrai, indicando la scatola aperta. "Abbiamo dato da mangiare a Cap." Era una scusa davvero pessima, e per un attimo pensai che Jason avrebbe dato di matto, invece sembrò che tutte le sue preoccupazioni e i pensieri scivolassero via dal suo viso, e mi rivolse un sorriso luminoso da sopra la testa della figlia. Il sorriso più bello che avessi mai visto. Stava ridendo di quello che era appena successo o, se non stava esattamente ridendo, quantomeno lo aveva trovato divertente, e sembrava radioso. Mi rendevo conto di

Capitolo 17

dover distogliere lo sguardo, perché sapevo che sulle mie labbra era disegnato un sorriso altrettanto enorme ma più idiota.

Fu Cap a rompere lo stallo quando abbaiò in direzione della porta che dava sul giardino, dietro alla quale stava transitando il gatto di Gina.

"Quello è Felix," dissi a Daisy, che volle scendere dallo sgabello per andare vicino a Cap e guardare fuori. "Quando mi sono alzato era già qui, ma mi dispiace tantissimo per la crocchetta," mi scusai, e Jason scosse la testa.

"Stava sorridendo e ti ha parlato, quindi va tutto bene."

Fu l'inizio di una giornata tranquilla: Daisy sguazzò in piscina con Cap mentre io e Jason la tenevamo d'occhio da fuori, poi ci accompagnò al parco, giocò con la sua casetta dei ricci, per addormentarsi infine sul divano in braccio a Jason.

Mentre anche lui dormicchiava, ebbi modo di osservare con calma i suoi lividi. Indossava un paio di pantaloncini rosa acceso che Sean aveva lasciato nella sua stanza, e una maglietta che avevamo comprato al negozio di sport. Era di color azzurro chiaro e gli stava un po' larga. Sembrava così in pace disteso su quel divano, le gambe allungate e Daisy al suo fianco. Come sarebbe stata la mia vita se fosse stato tutto vero? Se avessi avuto una persona accanto, che dormiva sul divano con nostro figlio sul petto come facevano Sean e Asher? Oppure due adolescenti da abbracciare prima che uscissero per andare a scuola, come Eric e Brady?

Per cena preparai il pollo alla parmigiana, o

perlomeno aprii la confezione da scaldare, visto che la gamba mi faceva male e non me la sentivo di stare in piedi. Sapevo che la stavo sforzando troppo e che Sean mi avrebbe rimproverato, ma volevo occuparmi dei miei ospiti e, maledizione, volevo infrangere le regole che mi costringevano a stare a casa.

Bella telefonò mentre stavamo cenando e silenziai la chiamata, ma non appena Jason ebbe portato Daisy di sopra per fare il bagno e probabilmente per andare a letto presto come le atre sere, la richiamai.

Rispose al terzo squillo e, a giudicare dalla sua voce, stava mangiando. Sentii Lewis, suo marito, chiederle chi fosse. Era anche lui un rappresentante della legge, un Federale per l'esattezza, e sapeva quanto fossero importanti, per entrambi, la nostra collaborazione e la nostra amicizia, ma non volevo interrompere una cenetta romantica.

"Di' a Lewis che mi dispiace e che richiamerò più tardi," dissi immediatamente.

Lei rimase in silenzio quel qualche secondo, mentre in sottofondo sentivo dei rumori e infine una porta che si chiudeva. "Va tutto bene. Ha detto che secondo lui questa cosa non poteva aspettare e io sono d'accordo. Però, Leo, quello che sto per dirti è in via del tutto confidenziale e finisce qui, intesi?"

Oh, una brutta premessa per quelle che avevano tutta l'aria di essere pessime notizie.

"Che hai scoperto?"

"È strano, ma credo che ci sia di mezzo l'FBI e prima che tu lo chieda si tratta di un miscuglio di intuizione, un sacco di ostacoli contro cui sbattere, deviazioni improvvise e roba riservata. Non sono sicura che ti piacerà quello che sto per dirti."

"Va bene." Cosa stava per dirmi? Tutta quella storia era talmente brutta che avevo infranto almeno un milione di leggi solo ospitandoli? Non che Bella sapesse che vivevano insieme a me.

"Hai seguito i telegiornali, vero? Le notizie su Silas Hinsley-King?"

"Chi non le ha sentite?" Hinsley-King, multimilionario, si era comprato la via verso la rispettabilità, ma a seguito delle accuse di riciclaggio, evasione fiscale e traffico di esseri umani tutto il suo impero era crollato come un castello di carte. Dopo l'arresto e il processo, era in attesa di giudizio. Quel nome era stata la persecuzione di mio padre quando era ancora un poliziotto e, nonostante fosse in pensione da cinque anni, seguiva ancora religiosamente la vicenda.

Quello che io sapevo dell'uomo era abbastanza da mettermi in ansia. Non aveva passato neanche un giorno in prigione, soprattutto grazie alle bustarelle distribuite a destra e a manca, e viveva tranquillamente nella sua villa sulle colline di Los Angeles. Tuttavia, non era per quello che lo conoscevo, ma perché negli anni '80 mio padre aveva fatto parte della task force che aveva cercato di tirarlo giù dal suo trono.

L'uomo era stato una spina nel suo fianco per lungo tempo, ma lo era stato anche, e soprattutto, per l'FBI, che non era mai riuscita ad arrestarlo nonostante ci avesse provato e riprovato. Hinsley-King era sfuggente e i soldi che aveva accumulato con il crimine erano serviti a procurargli quella legittimazione che non si era fatto scrupoli a sfruttare. Aveva comprato così tante persone da essere diventato intoccabile, e quando papà era andato in pensione, io avevo continuato a tenere gli occhi aperti nel caso un giorno avessi potuto far parte della squadra che lo avrebbe arrestato e rendere in questo modo orgoglioso l'uomo che mi aveva dato una seconda vita. In effetti, il magnate era stato arrestato quando un numero impressionante di file segreti aveva invaso internet, esponendo le sue attività criminali con una tale dovizia di particolari che nemmeno i suoi super-costosi avvocati avevano potuto salvarlo.

Solo che non mi sarei mai aspettato di sentire quel nome in relazione a Jason.

I suoi traffici si erano spostati da San Diego a Los Angeles, ma ciò non significava che papà Byrne non ricordasse tutto e non volesse giustizia per i crimini che aveva visto commettere.

"Se il nome che mi hai dato, Daisy, corrisponde a una bambina di quattro anni, che è nata il ventitré dicembre, ha gli occhi azzurri e i capelli biondi e al momento è insieme a suo padre, allora tutto torna."

"Cosa torna?"

"Daisy è la nipote di Hinsley-King. Sua madre, Rainbow-Star Murray, conosciuta semplicemente come Rain, è in coma al Mercy a causa di un'overdose. Non che il legame di sangue tra Rain e Hinsley-King sia ovvio, a meno di scavare molto in profondità. La ragazza è stata estromessa dalla famiglia quando aveva sedici anni e ha cambiato cognome. Ho dovuto faticare parecchio per arrivarci. Era in una lista di persone da tenere d'occhio, ma è sparita. Non so come suo padre ci sia riuscito, ma a partire da un certo punto non è più comparsa da nessuna parte. È come se fosse morta, solo che ovviamente così non è stato."

"Cazzo!"

"Per di più, sul certificato di nascita di Daisy, sotto il nome del padre c'è scritto 'sconosciuto. L'unico nome che sono riuscita a collegare a Daisy e Rainbow, e ci sono riuscita solo perché ho promesso a Lewis una marea di favori sessuali…" Fece una pausa e sentii Lewis mugugnare qualcosa. "…è un tale William Forsen, meglio conosciuto come Billy, schedato per possesso e spaccio di droga a Hill Valley, Vermont. Una schifezza di essere umano sotto tuti i punti di vista."

"Qual è il suo legame con Daisy?" *E Jason*.

"L'unica cosa che riesco a dirti è che c'è stato un incidente tra Billy e un agente dell'FBI, il quale è rimasto ferito. Billy è latitante e l'agente ricoverato con una frattura al cranio. Il file è passato sulla scrivania di Lewis e quello che ti ho appena riferito sono solo le sue supposizioni."

Aspettai un attimo per digerire quello che mi aveva detto, poi feci la mia domanda, con attenzione.

"E di Jason che mi dici? Qual è il suo legame con Billy?"

"Vorrei poterti aiutare, ma la maggior parte dei rapporti su questo caso sono riservati."

"Grazie, Bella, e se dovessi scoprire qualcos'altro…"

"Ti avverto se posso," finì lei al posto mio.

Ci salutammo, chiusi la chiamata, e per un attimo rimasi seduto immobile e ripensai a quello che avevo appena saputo.

"Non potevi proprio farne a meno, vero?" disse Jason alle mie spalle, e io neanche trasalii o mi voltai a guardarlo: ero consapevole dell'inevitabilità di trovarlo dietro di me ad ascoltare.

Lentamente, mi girai sullo sgabello e studiai la sua espressione. Non sembrava arrabbiato quanto piuttosto rassegnato. Avrei potuto scusarmi per aver fatto il mio lavoro, o anche inalberarmi ed esigere che capisse perché dovevo sapere, oppure avrei potuto restare in silenzio, ma nessuna di quelle opzioni era quella giusta.

"Chi è Billy?" Ma contemporaneamente alla domanda arrivò anche la risposta. "Papà B? È a lui che si riferiva Daisy, quando ha detto che le aveva fatto male." Mi alzai e dondolai su un piede, trattenendo a stento l'impulso di fare qualcosa. "E anche a te, vero? È stato lui a ferirti."

"Non voleva soltanto ferirmi. Voleva uccidermi," rispose Jason senza esitazione. "Ha scoperto dove eravamo dopo che ho portato via Daisy dall'ospedale. Credevo che fosse al sicuro con Rain, ma mi sbagliavo. Rain aveva chiamato Billy per un'ultima dose, era andata in coma ed era finita in ospedale. Doveva esserci anche lui e deve avermi visto andare via. Ero in una suite che mi avevano dato i Federali. C'era anche una guardia, che avrebbe dovuto proteggermi fino a che non avessero deciso che avevano tutto quello che gli serviva." Si fermò e chiuse gli occhi, poi si premette le dita sulle tempie. "Avevamo un patto: una nuova vita per Rain e Daisy, e un'altra per me. Ma è successo un casino."

Mi aveva dato così tante informazioni in una volta sola che non mi raccapezzavo più, ma due cose avevo le avevo capite chiaramente: Rain e Daisy avrebbero dovuto avere una vita separata da quella di Jason, e Billy aveva cercato di ucciderlo.

"Daisy era nella stanza?"

"Ho sentito Ed urlare un avvertimento. Era l'agente dell'FBI che piantonava la porta. L'ho fatta nascondere dentro all'armadio, poi ho provato a impedire a Billy di entrare, ma è grosso e forte." Soffiò come se stesse raccontando la storia di qualcun altro e non qualcosa di personale e doloroso. "Non ha visto niente," aggiunse con sollievo prima di sfiorarsi il livido sul collo. "Lo specchio," sussurrò, e io ricordai quello che aveva detto a Sean dei tagli e di come avessero cercato di strozzarlo. Mi sentii consumare dalla rabbia e dal bisogno impellente di fare male a qualcuno. Molto male. Poi Jason scosse la testa, come per scacciare i pensieri nei quali sembrava essersi perso. "Ha detto che era venuto a prendere Daisy, che le aveva fatto da padre per un anno, e che se l'avesse avuta, avrebbe anche ottenuto i soldi di Rain." Sbuffò. "Solo che Rain non aveva soldi. Silas l'aveva tagliata fuori a quindici anni. La prima volta che l'aveva scoperta a drogarsi."

Eravamo entrambi seduti al bancone e io mi preparai ad ascoltare quella storia, cercando di trattenere il desiderio di toccarlo e rassicurarlo.

"Che è successo?"

"L'ho colpito e ho approfittato del suo stordimento per prendere Daisy e fuggire. Per un po' siamo andati in giro senza meta, ma ero ferito e sarebbe stata solo questione di tempo prima che un poliziotto mi fermasse." Mi indicò e io annuii. Se avessi visto un uomo ferito in compagnia di un bambino dall'aria sconvolta, avrei di certo fatto delle domande, e lui sarebbe stato fortunato a cavarsela senza dovermi seguire in Centrale. "Non sapevo di chi potermi fidare, poi mi sono ricordato di Eric e della sua promessa di aiutarmi e mi sono aggrappato a quella speranza. Dovevo assolutamente trovare un posto sicuro per Daisy." Aveva un'aria risoluta mentre si protendeva verso di me, fissandomi con i suoi occhi azzurri, quasi volesse sfidarmi a commentare le sue scelte.

"Qui è al sicuro," lo tranquillizzai. "Abbiamo un ottimo sistema di allarme e nessuno può entrare senza che lo vogliamo. E finché non prendono Billy, faremo ancora più attenzione."

"Bene."

"Avresti dovuto dirmelo."

"Non sapevo di chi potermi fidare."

"Di me, sempre."

Mi fissò di nuovo, risoluto. "Voglio farlo."

Ricambiai il suo sguardo con la stessa sicurezza. "Ti prometto che non permetterò a nessuno di fare del male a Daisy."

Capitolo Diciotto

Jason

Ti prometto che non permetterò a nessuno di fare del male a Daisy.

Gli credetti. Nonostante la gamba ingessata, ero certo che avrebbe messo Daisy al primo posto; ma quando avessi cominciato a stare meglio, magari entro un paio di giorni, ce ne saremmo dovuti andare. Billy non era proprio una cima, ma era determinato e non si sarebbe fermato davanti a niente pur di mettere me fuori gioco e usare Daisy per ottenere i soldi di Silas.

Era sempre stata una questione di soldi, ed ero certo che alla fine sarebbe stato capace di trovarci anche nella periferia di San Diego, con i suoi tre e passa milioni di abitanti.

"Grazie."

Mi ero illuso che quella sarebbe stata la fine della conversazione, ma Leo sembrava pensarla diversamente.

"Come hai conosciuto Rain?"

Non ero pronto ad aprirmi fino a quel punto: quello

che era successo tra me e la madre di mia figlia era una cosa grossa che mi avrebbe costretto a rivelare una marea di segreti, così scossi la testa. "Non ancora," mormorai.

"Però me lo dirai," insisté Leo, prima di tornare a mettere in ordine il bancone della cucina. Io caricai la lavastoviglie e lavai la padella, per poi ritrovarmi a pensare cosa sarebbe successo a quel punto. La notte prima mi aveva baciato e quel giorno era stato molto assorto. Era vero che la telefonata aveva portato alla luce informazioni importanti e altre domande, ma avevamo affrontato la situazione come due adulti razionali.

Daisy era addormentata sul divano, la mano sulla schiena di Cap che era steso per terra al suo fianco e quando mi avvicinai mi guardò con un sospiro di contentezza canina, se così si poteva dire. Coprii Daisy e sciolsi le sue dita dalla pelliccia di Cap, ma lui saltò sul divano e si accucciò nell'angolo, con il muso accanto a lei.

"Questo sì che è amore," commentò Leo, grattandogli la testa.

"È un bravo cane. Ce l'hai da quando era un cucciolo?"

Leo annuì e si chinò per posargli un bacio sul naso peloso. "L'ho trovato durante una chiamata. Faceva parte di una cucciolata abbandonata. Erano in tre e troppo piccoli per essere strappati alla loro mamma, ma evidentemente non li volevano e li hanno buttati via in un sacco, proprio come spazzatura."

"Dimmi che è finita bene per tutti."

Mi sorrise. "Sì, tra me, Eric e Sean siamo riusciti a

trovare una casa a Loki e Panther, ma ci simo tenuti Cap perché ormai era diventato il nostro cane. Il mio, principalmente."

"Ah, ecco. Quindi se ho capito bene, Cap è l'abbreviazione di Captain America, giusto?"

"Sì."

"Mi dispiace per quello che si è beccato il nome di un felino." Mi resi conto di aver appena fatto una battuta, e che poteva finire in due modi: Leo avrebbe riso o si sarebbe innervosito.

"Tutta colpa di Sean. È uno scemo."

Il suo telefono vibrò e Leo andò in cucina per rispondere; però dal modo in cui aveva sorriso nel vedere il nome del chiamante avevo capito che si trattava di un amico o un familiare.

"Ciao, Brady," disse, mettendo in vivavoce e allungandosi verso il mobile per prendere una scatola, che però minacciò di cadere e gli fece quasi perdere l'equilibrio. Mi avvicinai per stabilizzarlo e ci ritrovammo quasi appiccicati, ognuno conscio della presenza dell'altro.

"Mi ha appena chiamato Eric," cominciò Brady, "dovrebbe essere a casa domani, o al più tardi il giorno dopo."

"È una bella notizia," commentò Leo, ma non si scostò da me, né lasciò la presa sul contenitore di plastica.

"Gli ho parlato di Jason, e ha detto che cercherà di venire quanto prima."

Mi chiesi quali parole avesse usato Brady per spiegare la mia situazione al suo compagno, ma non avevo il tempo di preoccuparmi di cosa le persone pensassero di me, perché altrimenti non ne sarei mai uscito.

Conclusero la chiamata accennando a un torneo di tennis al quale un nipote avrebbe dovuto partecipare. Leo promise di andarci e poi rimanemmo solo io, lui e la stupida scatola. Toccava a me baciarlo, vero? In fin dei conti era stato lui a fare la prima mossa la sera precedente, quindi immaginavo che non gli sarebbe dispiaciuto. Ma l'indecisione mi frenò troppo a lungo e alla fine lui si spostò, ponendo fine a quello strano faccia a faccia.

"Vuoi della cioccolata?" mi chiese, aprendo il coperchio della scatola per mostrarmi un'intera collezione di aromatizzanti. "Scegli pure."

Prese il latte dal frigorifero, il cacao dalla credenza e mise un pentolino sul fuoco, fischiando piano mentre mescolava tutti gli ingredienti.

Nel frattempo, io passai in rassegna i vari gusti e alla fine mi decisi per l'arancia. Lui la prese e l'aggiunse al resto.

"Volevi l'arancia anche tu?" gli chiesi, leggermente confuso da quel gesto. Avevo dato per scontato che avrebbe versato la cioccolata in due tazze e avrebbe aromatizzato la propria a suo piacimento.

"Non c'è niente lì dentro che non mi piaccia, quindi qualunque cosa tu avessi scelto sarebbe andata bene. Inoltre, sono un po' stanco della zucca dopo averne mangiata e rimangiata per Halloween," aggiunse sorridendo. Era tutto così normale in quella casa, come se fossimo due amici che si godevano un po' di tempo insieme, e quando Leo suggerì di andare a bercela fuori, non potei che accettare. Lasciò la porta aperta così che potessimo sentire Daisy nel caso si fosse svegliata, chiuse la zanzariera e andò verso il tavolino del patio.

Sedemmo su due sedie imbottite vicine e mi godetti la miglior cioccolata calda che avessi mai assaggiato.

"Quando credi che arriverà Eric?" chiesi, alzando il viso verso il cielo costellato di stelle di quella notte di novembre.

"Appena potrà," mi rassicurò Leo.

Mi chiedo cosa dirà, pensai. Avrebbe offerto a me e Daisy una stanza? Aveva detto che avrebbe fatto di tutto per me, ma fino a quel punto era stato il suo miglior amico a farsi avanti.

Anche dopo avermi baciato ed essersene pentito.

"Daisy va pazza per Cap," mi avventurai a dire, pensando di spostare la conversazione su quanto mia figlia stesse bene in quel posto e sul fatto che non avrei voluto lasciarlo, benché i suoi baci mi avessero mandato in confusione.

"Sì, così sembra, e Cap la ricambia. Senti, so che potrà sembrarti strano e capirò se non dovessi essere d'accordo, ma credo che dovresti restare qui, anche nel caso in cui Eric si offra di ospitarti. Casa sua e di Brady non è grandissima e hanno già due bambini. Io, invece, abito da solo con Cap e ho un sacco di spazio. Senza parlare della sicurezza." Aveva aggiunto l'ultima parte come se fosse la cosa meno importante, ma la verità era che mi sentivo al sicuro in quel posto.

"Per me ve bene e apprezziamo la tua gentilezza. Stai tranquillo che non ti infastidiremo ancora a lungo."

Si voltò a guardarmi e io, cogliendo il suo movimento con la coda dell'occhio, feci altrettanto.

"Non c'è fretta," mormorò. "Mi piace avervi qui e Cap non è mai stato più felice."

"Ciò non toglie che non possiamo restare troppo a lungo."

Cercò di alzarsi, ma fece una smorfia e mi porse la mano. "Mi aiuteresti?"

Mi precipitai da lui all'istante. Leo mi prese la mano per farsi tirare su, e un attimo dopo mi stava baciando con una tale foga che per un attimo pensai mi sarei venuto nei pantaloni.

Se era così bravo semplicemente a baciare, chissà come sarebbe stato a letto?

Game over. Dovevo andare via subito, prima che mi venisse voglia di scoprirlo.

"Buonanotte," lo salutai prima di prendere Daisy dal divano, portarla in camera, farmi una doccia fredda, andare a letto e nascondere il viso nel cuscino.

I giorni successivi li passai cercando di evitare di trascorrere del tempo da solo con Leo, e lui li passò cercando di trovarmi.

Mi baciò in cucina, in giardino, nel salotto, persino durante una delle nostre passeggiate con Cap e Daisy.

Ma la cosa più sconvolgente era che io lo ricambiavo.

Capitolo 18

Qualche giorno dopo, erano da poco passate le nove, Eric si presentò in cucina. Non bussò, si limitò a entrare seguito da un altro uomo e da due ragazzini. Si bloccò sulla soglia e tutti dovettero fermarsi insieme a lui ma, in un modo o nell'altro, riuscirono a superarlo fino a che la stanza non fu piena di gente.

"Abbiamo portato i costumi, zio Leo," disse la bambina.

Leo le arruffò i capelli, poi batté il cinque con il maschio, che era un po' più grande. Li riconobbi dalla cerimonia alla Caserma dei pompieri: due ragazzini e il loro papà, seduti accanto a Eric, mentre mi guardavano ricevere un riconoscimento che neanche avevo voluto. Il partner di Eric era lo stesso uomo che era venuto a trovarmi in ospedale, mi aveva abbracciato durante la cerimonia e ora mi stava stringendo la mano prima di annuire verso Eric e andare in giardino insieme ai figli. Invitarono anche Daisy, che era nell'angolo impegnata a giocare con la famiglia di ricci, e fu un bene, perché non volevo che assistesse alla conversazione.

Solo quando fu uscita nel patio lasciandoci da soli, mi sentii libero di raccontare tutte le bugie necessarie a spingere Eric ad aiutarmi senza troppe domande.

Gli porsi la mano e lui la strinse, ma poi, con mia grande sorpresa, mi attirò in un abbraccio completo di pacche sulla schiena, che tra l'altro, mi fecero un male cane, perché era grosso come un orso e le mie costole erano ancora doloranti. Quando ci separammo, guardò prima me e poi Leo con un'espressione pensierosa.

"Che è successo?" ci chiese. O meglio, lo chiese a Leo e io dovetti mordermi la lingua per non partire subito in quarta.

"Aveva bisogno di un posto dove stare per sé e per sua figlia Daisy," rispose Leo, chiedendomi aiuto con lo sguardo. In quel momento qualcosa tra noi cambiò, perché mi resi conto che era disposto a mantenere i miei segreti anche con il suo migliore amico, la stessa persona che io ero venuto a cercare. L'ultima cosa che avrei voluto era mettermi tra loro, ma cosa potevo rivelargli senza peggiorare la mia situazione? Leo mi aveva detto che potevo restare e aveva sentito quello che c'era da sentire senza per questo giudicarmi, ma avevo voglia di rivivere tutto una seconda volta?

"A quanto pare ti fai male quando ti pestano," cercai di sdrammatizzare, ma Eric sgranò gli occhi.

"Cazzo, dimmi chi devo ammazzare!" si infuriò.

Leo gli posò una mano sul braccio. "Nessuno. Il tizio è latitante, ma Jason è qui e sta bene."

Si scambiarono un'occhiata nella quale dovettero di certo comunicarsi qualcosa perché Eric si voltò verso di me all'improvviso e disse: "Comincia dall'inizio."

Fui sul punto di scoppiare a ridere. Voleva davvero che andassi tanto indietro? Poi però pensai che Leo meritasse di sapere perché ero disposto a fare di tutto per tenere Daisy al sicuro, e se lo sapeva Leo, di certo lo avrebbe saputo anche Eric.

"Avevo diciassette anni la prima volta che ho infranto la legge," cominciai e vidi Leo sgranare gli occhi. "Immagino che non dovrei dirlo a un poliziotto," continuai, ma lui mi fece cenno di andare avanti e il fatto che volesse ignorare tutto quello che di brutto c'era stato nella mia vita mi fece sentire più leggero.

Perché? Perché ti ha baciato? Perché ha promesso di difendere Daisy? Sei un idiota, Banks.

"Prima di allora ero un normalissimo studente che andava bene a scuola e usciva con le ragazze. A sedici anni però dissi alla mia famiglia che ero bisessuale, o meglio lo scoprirono quando mi beccarono insieme al nipote del vicino in visita da San Francisco, e da quel momento le cose non andarono più tanto bene."

A quanto pareva non c'era bisogno che scendessi nei dettagli, perché Leo disse: "Ash, il marito di Sean, ha vissuto un'esperienza simile. Purtroppo, non tutti i ragazzi vengono capiti come dovrebbero."

"Infatti," risposi. "Ero bravo con i computer e riuscii a prendere abbastanza soldi dal conto dei miei per riuscire ad andare via, e quella fu la mia prima infrazione." Decisi che quello poteva bastare per quanto riguardava la mia famiglia e passai oltre. "Così, a diciassette anni, mi ritrovai a fare il batterista in una band in culo al mondo e a *cambiare* alcune cose per chi poteva permettersele." Sottolineai con le virgolette in aria la parola *cambiare* perché comprendeva più cose di quante sarei riuscito a spiegarne. "Mi serviva denaro, così entravo nei conti e prendevo quello che mi serviva, toglievo le multe, modificavo i voti scolastici. Roba piccola, insomma, e tale sarebbe rimasta se non avessi conosciuto Rain, la madre di Daisy."

"Al momento è in coma in ospedale," intervenne Leo.

Eric spalancò gli occhi. "In coma? Davvero?"

"Sì," risposi io, vedendo che Leo si era limitato ad annuire.

"E hai hackerato qualcosa anche per lei?" domandò Eric.

Feci una risatina. "Aveva un fondo fiduciario che le aveva lasciato il nonno, ma un giorno i soldi sono finiti anche lì, quindi sì, l'ho aiutata." Mi resi conto di che direzione stesse prendendo la conversazione, così mi alzai e chiusi la porta, nel caso Daisy fosse rientrata e mi avesse sentito. Ammesso che tutto finisse bene, un giorno le avrei raccontato ogni cosa, ma al momento sua madre era tutto ciò che conosceva e rifiutavo di distruggere il suo unico punto di riferimento. "Si è presentata a quello schifo di concerto dove stavamo suonando delle cover anni '80 e io all'improvviso mi sono sentito *vivo*. Aveva quindici anni e rappresentava tutto ciò di cui avevo bisogno. Avevamo entrambi perso la vita che conoscevamo, ma lei era fuoco, energia e quando entravi nella sua orbita avevi l'impressione di volare altissimo." Abbassai ancora di più il tono perché mi vergognavo di quegli anni della mia adolescenza.

Aspettai la reazione disgustata di Leo, invece sembrava solo curioso.

"Quindi era la tua ragazza?"

"Rain? No, assolutamente. Era del tutto al di fuori della mia portata. Finì insieme al cantante, e in ogni caso io avevo questa storia con Micky-J, il bassista." Picchiettai le dita sulla coscia nel ritmo familiare di una canzone degli anni '80. "Io ero il batterista, quello strano, e comunque si vedeva che ero attratto dai ragazzi. Bisessuale, immagino, ma per lo più indirizzato verso gli uomini."

"E?"

"In ogni caso, per colpa di Rain mi sono trovato invischiato in cose che non avrei neanche dovuto sfiorare, ma lei aveva questo modo di fare, e voleva solo quello che le spettava. È stato un gran casino." Mi passai una mano trai capelli per prendere tempo.

"Droga?" mi spronò a continuare Eric.

"No, non io, ma come lei, ero anche io convinto che la vita fosse in debito con me. Quindi, quale soluzione migliore se non cercare di fregare suo padre? In mia difesa, devo dire che non sapevo chi o cosa fosse, solo che aveva chiuso i rubinetti, il che è abbastanza brutto quando sei giovane, fumi un sacco di erba, non hai una direzione e non sai in che casino stai per cacciarti. Ero ingenuo, ho commesso molti errori e poi Rain…"

Allacciai le dita in grembo, perché altrimenti avrei continuato per sempre a picchiettarmi nervosamente sulla coscia.

"Rain cosa?"

"…entrava e usciva dalla mia vita, prendendo i soldi che di tanto in tanto riuscivo a sottrarre dalle compagnie di suo padre. Niente di che, qualche migliaio di dollari qua e là. Piccole somme che un miliardario non avrebbe mai notato."

Non riuscii a trattenere la risatina di scherno che mi affiorò sulle labbra. Dio, se ero stato ingenuo.

"Che è successo?" chiese Eric.

"Il padre di Rain mi ha scoperto ed è stata la fine di tutto." Mi chiesi se avrei potuto cavarmela con quello.

Leo però insistette. "Scoperto, come?"

A quanto pareva la mia era stata una speranza vana. "Non ero sveglio quanto credevo di essere, e solo quando Silas mi ha fatto sedere nel suo ufficio e mi ha chiesto che diavolo avevo creduto di fare e come pensavo di cavarmela, mi sono reso conto di quanto fosse potente. Mi ha dato una scelta: lavorare per lui, oppure no. Ma il no era accompagnato da un cartellino che diceva che sarei finito in mezzo al cemento nelle fondamenta di un parcheggio."

"Cristo," imprecò Eric.

"No, nessun aiuto dall'alto. Quello è stato il giorno in cui tutto è cominciato. Silas ha minacciato di far tornare Rain nella sua vita e io sapevo che una cosa del genere l'avrebbe uccisa. L'ho visto per come è davvero, ho visto tutto ciò che tiene nascosto sotto la sua cappa di rispettabilità e ho capito anche perché Rain lo odi tanto. Quando poi lei è venuta a dirmi di essere incinta – avevamo passato insieme una notte, solo una – e che voleva scappare, io mi sono organizzato per dare sia a lei che al bambino una nuova vita. Ero disposto a prendermi le mie responsabilità."

"Cos'hai fatto?"

"Ho progettato di hackerare i conti di Silas, prelevare una piccola somma di denaro, farla un po' girare e ricominciare da capo."

"L'amavi?" mi chiese Leo, e io lo fissai.

"No."

"Però hai rubato per lei e per il vostro bambino."

"Le cose non sono andate come previsto, ed è stata

Rain a fare casino. L'ironia è che, una volta tanto, non sono stato io a rubare."

"Aspetta." Questa volta fu Leo ad avvicinarsi, le tessere stavano finalmente cominciando ad andare al loro posto. "Hai ammesso di aver prelevato dei fondi alla iTech…"

"Che è una delle compagnie di Silas. Non che sia facile saperlo, a meno di scavare a fondo. La stessa alla quale avevo rubato per anni."

"…ma non sei stato tu. Allora chi è stato?" Mi guardò. "Rain?"

Proruppi in una risata amara perché l'unico gesto onorevole della mia vita, scaturito dalla certezza che Rain stesse costruendo una vita migliore per nostro figlio, mi aveva lasciato vulnerabile e disposto a prendermi tutta la colpa.

"Aveva accesso al mio computer e sapeva cosa stava facendo, anche se non credo che ci fosse della malizia nelle sue azioni. Non stava cercando di farmi arrestare, ma se prelevi un quarto di milione di dollari da una compagnia mentre è sotto osservazione, qualcuno se ne accorge. È andata in Vermont e mi ha scritto che avevamo avuto una figlia e l'aveva chiamata Daisy perché era il nome di un fiore. Non avrei permesso che Rain finisse in prigione e speravo che così facendo nostra figlia sarebbe stata al sicuro."

"High Valley, giusto? Dove ha conosciuto Billy," commentò Leo, e mi resi conto che era a conoscenza di cose che avevo pensato di dover spiegare.

"Sì. Io non ho mai avuto modo di raggiungerle. Mi hanno arrestato e sono finito in prigione. Ma andava bene così perché non avrei mai permesso che succedesse qualcosa alla mia bambina." Guardai Leo, sfidandolo a contraddirmi.

"Quello che non capisco è perché sia tornata."

"Immagino che avesse finito i soldi."

"Cazzo."

Esatto. "Così, siamo arrivati al mio ultimo giorno di prigione." Strinsi di nuovo le dita. "I cancelli si stavano aprendo e questo tipo, Austin, un poliziotto in giacca e cravatta, mi chiama in una stanza. Stanno cercando di incastrare Silas e gli servono le mie abilità di hacker per riuscire a entrare attraverso le porte secondarie che avevo aperto nel suo software. Ah, e lo sapevo che Rain era tornata dal Vermont insieme a Daisy e che questo bastardo di nome Billy le aveva seguite e la picchiava, e non mi sarebbe piaciuto portare via entrambe e magari ricostruirci tutti una nuova vita?"

Eric sospirò. "È una follia."

Il tono di Leo era più pacato. "Quindi la tua scelta era aiutarli e in cambio loro avrebbero protetto Rain e Daisy, oppure rifiutare e lasciarle in balia degli eventi?"

"Sì." Sapevo di essere troppo aggressivo, ma non avrei permesso a niente e nessuno di mettersi tra me e mia figlia.

"Una scelta inesistente," proseguì Leo. "Il telefono usa e getta te lo ha dato questo Austin?"

"Mi ha detto di aspettare fino a che non mi dirà che Billy è fuori dai giochi, e a quel punto potremo andare via."

"E se io non lo volessi? Se quello che c'è tra noi fosse

abbastanza forte da convincerti a restare?" proruppe Leo con forza ed Eric lo guardò allibito.

"Non è il momento giusto per noi," risposi con sincerità.

"Voi due..." Eric ci indicò.

"Sì," disse Leo.

"No," risposi io nello stesso momento e Leo mi fissò con gli occhi ridotti a due fessure, ma Eric intervenne di nuovo.

"Che è successo alla mamma di Daisy?"

Eccola, la domanda che temevo, la parte che avevo taciuto a mia figlia. Incurvai le spalle, il dolore che combatteva contro la determinazione. "Rain ha messo Daisy in pericolo. Ha permesso a Billy di entrare nelle loro vite, sembra che sia andata in overdose mentre Daisy era con lei e ora è in coma. Spero per il bene di mia figlia che si svegli, perché ogni bambino ha bisogno dei genitori, ma anche in quel caso chiederò la custodia condivisa, per quanto la mia situazione sia complicata, e la terrò sempre, sempre d'occhio."

Gli occhi verdi di Leo luccicavano di emozione. "Sono certo che lo farai," disse prima di alzarsi, prendermi la mano e attirarmi tra le sue braccia. "E io ti aiuterò."

Eric annuì, ma era ancora troppo presto perché io riuscissi a fare completo affidamento su di loro.

Ci stringemmo la mano. "Nel frattempo, se ti serve un posto dove stare, abbiamo una stanza degli ospiti che..."

"Qui va più che bene," lo interruppe Leo prima che

riuscisse a finire la frase ed Eric scosse la testa e gli diede un pugno sul braccio. "Lo vedo."

Eric chiamò la sua truppa e marciarono tutti fuori, mentre Daisy tornava ai suoi giochi con la casetta dei ricci. L'ultimo a uscire fu proprio Eric, che rimase sotto il portico con Leo per almeno dieci minuti. Avevo la sensazione che parlassero di me e mi chiesi se davanti non si fossero dimostrati comprensivi, ma dietro alle spalle avessero intenzione di indagare più a fondo, o trovare Billy o....

"Respira," mi ordinò Leo, scuotendomi leggermente per aiutarmi a superare quel piccolo attacco di panico. *Quando è rientrato?* "Stai bene?" mi chiese dopo qualche secondo, quando mi liberai dalla sua presa, temendo improvvisamente di non potermi fidare.

"Possiamo andare via," biascicai, perché non avrei permesso a Billy di tornare nelle nostre vite.

"Calmati! Da dove è uscita questa idea?"

Dalle mie insicurezze e dalla mancanza di fiducia. "Niente, ignorami."

"Mi piacerebbe se decideste di restare."

Gettai uno sguardo a Daisy, che era raggomitolata con Cap e guardava uno dei tanti libri illustrati che erano nella stanza. Sembrava felice lì, con il cane, i libri e persino quella maledetta casa dei ricci.

"Mi dispiace," dissi dispiaciuto e sperai che mi credesse.

Lui mi tirò con sé e andammo nel corridoio. Chiuse la porta e mi ci fece appoggiare contro, cosicché Daisy non potesse uscire. Non mi piaceva perché volevo che lei potesse raggiungermi sempre, anche se in quel momento era felice come una Pasqua con il suo amico peloso e il suo libro.

In ogni caso, Leo voleva solo parlare. "Voglio che tu mi creda," disse, prendendomi il viso tra le mani. "Credimi quando dico che voglio che restiate e che farei di tutto per tenervi al sicuro."

Cosa potevo rispondere?

"Ti credo," mormorai. E fu solo quando pronunciai quelle parole che mi resi conto che erano vere.

La tensione tra noi era una tortura. Mentre preparava la cena continuava a venirmi vicino, a sfiorarmi la spalla, ad accarezzarmi, come se non riuscisse a immaginare di non toccarmi. Quando Daisy fu finalmente a letto e Leo mi condusse per mano lungo il corridoio buio fino al piano di sotto, ero pronto a baciarlo di nuovo, e infatti fui io a cominciare.

Pomiciammo come due ragazzini al primo appuntamento, familiarizzando con le curve dei nostri corpi anche mentre lui cercava di trovare una posizione comoda per la gamba. Mi prese il viso tra le mani, mi fece appoggiare su di lui e mi baciò con tutto se stesso, facendomelo diventare duro in un momento. Cambiò leggermente posizione e lo sentii eccitato quanto me. Mise una mano tra di noi e spinse giù prima i miei pantaloni e poi i suoi, finché non ci trovammo nudi l'uno contro l'altro, e io cominciai a strusciarmi su di lui mentre ci baciavamo. Sentivo l'orgasmo vicino ma avevo bisogno di più baci, più pressione, più tutto.

Raggiunsi il piacere con un grido che venne soffocato dal bacio, poi fu il suo turno mentre respiravamo l'uno sulla bocca dell'altro e lui teneva gli occhi fissi nei miei. Fu allora che capii di essere perso.

"Ti prego, rimani," mormorò. "Voglio tenervi entrambi al sicuro."

Dormimmo ognuno nella propria stanza, e lui non insisté affinché lo raggiungessi, nonostante il bacio che ci eravamo scambiati sul pianerottolo, con Cap in mezzo a noi, fosse stato più che intenso. Dopo aver chiuso la porta ed esservi rimasto appoggiato a lungo, capii una cosa: il mio cuore non sarebbe mai stato al sicuro finché fossi rimasto lì.

Capitolo Diciannove

Leo

In qualche modo erano passati dodici giorni da quando Jason e Daisy erano arrivati, e io speravo che restassero almeno altri dodici. Non c'era traccia di Billy. Bella teneva gli occhi aperti per me e l'agente dell'FBI, Austin, dall'altro capo del telefono usa e getta di Jason diceva che molto probabilmente si era nascosto. Quindi, in un certo senso, Jason avrebbe potuto fare quello che voleva, tipo andare sulla East Coast, dove sembrava avesse una famiglia. Io però non ero d'accordo, e lui sembrava pensarla come me.

Austin aveva anche detto che la mamma di Daisy stava mostrando lievi tracce di attività cerebrale e che quindi c'erano speranze che si svegliasse dal coma. Tuttavia, da quando quella notizia era arrivata circa un'ora prima, Jason si era chiuso dietro un muro di silenzio. Guardava Daisy giocare con la famiglia di ricci, che era anche uno dei divertimenti preferiti di Mia. C'era un'intera collezione di personaggi al negozio e mi sarebbe piaciuto andare e comprarli tutti, anche se non l'avrei mai ammesso con Ash e Sean, secondo i quali già la viziavo troppo.

D'altronde era quello il mio ruolo di zio onorario.

In ogni caso, ora era Daisy a giocarci, anche se diversamente da Mia, che li guardava a lungo e li infilava a forza in ogni possibile pertugio della casetta che faceva parte del pacchetto, lei aveva stabilito una complicata gerarchia e inventava storie deliziose che non mi sarei mai stancato di ascoltare. Al momento, era appena terminata una festicciola per il tè e Lulu era nei guai perché non aveva pulito. All'improvviso, però, la storiella prese una piega strana, così mi protesi sulla sedia e guardai con più attenzione.

"Fallo o saranno guai," disse Daisy e diede un colpetto con il dito a Lulu per farla cadere, fingendo allo stesso tempo che il suo personaggio stesse piangendo.

"Non è molto bello per la povera Lulu," dissi, contorcendomi per riuscire a sedermi per terra al suo fianco. Ero pronto impartirle una bella predica sull'importanza di trattare bene tutte le persone, anche quelle finte, quando lei alzò su di me due occhioni azzurri pieni di lacrime e io non potei fare altro che allargare le braccia e offrirle rifugio. Lei non se lo fece ripetere e mi salì in grembo, aggrappandosi a me. Non ero sicuro che stesse ancora piangendo, ma mi stringeva con forza e neppure io ero propenso a lasciarla andare tanto presto. Cap venne a vedere cosa stesse succedendo, premendo il naso contro il suo braccio e poi addossandosi a me, cosicché mi ritrovai con addosso un cane e una bambina.

Jason ci raggiunse dalla cucina asciugandosi le mani in un canovaccio e sorrise quando ci vide, ma al mio cenno della testa tornò serio e si accovacciò vicino a Cap. Scostò i capelli dal viso di Daisy e lei lo guardò.

"Vuoi dire a papà che succede, carotina?" le chiese.

Credevo che sarebbe andata a rifugiarsi da lui, invece si limitò a sussurrare pianissimo contro la mia camicia. "Mamma era sempre triste e papà B era cattivo."

Jason allora sedette per terra, si schiacciò contro il mio fianco e le si avvicinò. "Era cattivo anche con te?" chiese dopo una piccola pausa durante la quale fu chiarissimo che cercasse di ritrovare il controllo. Era la stessa domanda che avrei voluto porle io, e credo che anche lui ne avesse portato il peso sulle spalle per tutti quei giorni.

"No, a me portava regali, ma dovevo stare zitta. Sempre."

Immaginai che un regalo fosse un buon modo per guadagnarsi l'affetto di una bambina di tre anni. In fondo bastava guardare me con la famiglia di ricci e la loro casa, le stalle, l'hotel e gli altri edifici del villaggio che avevo comprato a Mia per Natale. Non che ne avessi bisogno per farmi volere bene; lo zio Fido era un figo e lei mi adorava lo stesso, ma...

"E mamma piangeva?" la incoraggiò a continuare Jason.

"Tutto il tempo, e poi non aveva più soldi perché li aveva presi papà B e dormiva ed era buffa."

Essere buffa non significa necessariamente che le raccontasse delle storielle divertenti, pensai mentre cercavo di dare un senso a quello che stava dicendo e tiravo delle conclusioni che avrebbero potuto essere fondate o meno. Di una cosa ero grato, e cioè che Billy non le avesse fatto del male, perlomeno non fisicamente, anche se aveva chiaramente picchiato e derubato sua madre. Quali conclusioni potevo trarre da tutte quelle informazioni? Rain era stata prigioniera, era per quello che non stava bene, o c'erano di mezzo le droghe? Dopotutto era all'ospedale in overdose, quindi poteva essere del tutto plausibile.

"Non voglio piangere," disse Daisy, staccandosi da me e asciugandosi gli occhi. Sembrava molto più grande dei suoi quattro anni.

"Piangere va bene," la rassicurò Jason, anche se il dolore nella sua voce era palese e mi fece venire voglia di abbracciarli entrambi e farli ridere.

"Ma va anche bene essere eccitata per il Natale e il tuo compleanno e Cap. Cosa ti piacerebbe ricevere per il compleanno?" chiesi.

"Un cucciolo," rispose lei seria. "Come Cap. E un gattino."

Annuii come se stessi prendendo in considerazione le sue proposte. "Che ne dici di altri ricci per la tua collezione, invece?"

Lei scosse la testa. "Non sono miei. Non posso tenerli quando andiamo via."

Frenai l'impulso di dirle che non era necessario che andasse via e che lei e Jason sarebbero potuti restare ancora un po', ma in verità non c'era niente a trattenerli lì. Una volta che avessero trovato Billy, avrebbero potuto cominciare una nuova vita ovunque avessero voluto. In quel momento, però, potevo ancora stringerla a me, con Jason al mio fianco che grattava le orecchie di Cap, e cercai di non pensare al futuro.

Il giorno dopo ci sarebbe stato il pranzo del Ringraziamento a casa dei miei e avevo detto a Jason che sarebbe stato tranquillo.

Ovviamente, avevo mentito.

"Sembrano nuovi," disse Jason frugando nelle borse che Asher aveva appena lasciato. Probabilmente era vero, ma non avevo intenzione di ammetterlo.

"Ti serviva qualcosa per il Ringraziamento."

"Potevo andare in un negozio di roba usata. Ho ancora un po' di soldi e…"

"Asher compra sempre vestiti che poi non indossa," lo interruppi. Volevo cancellare quel cipiglio dal suo viso.

"Mm…" Sembrava ancora dubbioso mentre prendeva una maglietta azzurro chiaro a maniche corte. "A me non sembrano affatto di seconda mano."

Mi strinsi nelle spalle e decisi che la strategia migliore fosse non rispondere. Solo che Jason sembrava davvero confuso.

"Ash porta la tua stessa taglia, più o meno, e stava riordinando il suo armadio. A te servivano dei vestiti, ci guadagnate entrambi."

Prese un paio di pantaloni e li sollevò davanti a sé. "Questi hanno ancora l'etichetta."

"Forse non gli piacevano."

Jason prese le borse e le spostò vicino alle scale, poi tornò tenendo in mano qualcosa che lui non avrebbe di certo potuto indossare. Era un abitino della taglia di Daisy, un vestito da principessa Disney rosa ancora appeso alla gruccia e con l'etichetta.

"Anche questo lo ha comprato e poi non lo ha indossato?" suggerì con una buona dose di sarcasmo.

Ah, aveva trovato l'abito che avevo preso per Daisy. Sollevai le sopracciglia con fare ammiccante. "Chi lo sa cosa fanno Ash e Sean in camera da letto?"

Si strinse il tulle al petto. "Lo ringrazierò quando ci vedremo, ma per questo sono certo di dover ringraziare *te*."

"Che c'entro io?" Sbattei le ciglia con aria innocente, ma lui scosse la testa. "Va bene, comunque." Ero imbarazzato per come mi guardava e per il modo in cui riusciva a leggermi dentro, così mi rifugiai in quello che sapevo fare meglio: organizzare. "Il taxi sarà qui tra un paio d'ore e tu farai meglio a prendere quel vestito e a svegliare Daisy."

Quando lo rividi, Jason era sbarbato e indossava i pantaloni e la maglietta. Al suo fianco Daisy era vestita da principessa, e nel guardarli mi sentii sgorgare nel cuore così tante emozioni diverse da non riuscire a contarle.

"Sei bellissima, Daisy," dissi con un inchino esagerato.

"Papà dice che sono una principessa," rispose lei, cominciando a girare sulle sue piccole scarpette rosa finché non si accasciò in una nuvola di tulle accanto a Cap. Non lo avrei portato: troppa confusione e troppi bambini ansiosi di infastidirlo anziché coccolarlo, ma aveva comunque attorno al collo il papillon viola che Daisy aveva insistito per mettergli.

Jason osservava la scena dall'ultimo scalino, sorridendo e forse perso nei suoi pensieri. Gli andai davanti e diedi le spalle a Daisy.

"Anche tu sei bellissimo," dissi.

Lui si allontanò i capelli dalla fronte. Diventavano ogni giorno più lunghi. Da quando era arrivato, trasandato e sporco, aveva fatto di tutto per riacquistare un aspetto pulito e ordinato, e avevamo persino programmato un'uscita dal barbiere. Solo che anche Daisy aveva bisogno di un taglio di capelli e alla fine avevamo rimandato, limitandoci alle passeggiate al parco e tra i boschi nelle vicinanze, senza mai allontanarci troppo da casa e stando sempre all'erta.

"Avevo pensato di ringraziare Ash per i vestiti, ma li hai presi tu, vero?"

Abbassai lo sguardo. "Forse."

Mi sfiorò la guancia con una carezza. Grazie."

Appoggiai la mano sulla sua e vidi che il gesto lo sorprese. "Vorrei baciarti," mormorai.

Non mi aspettavo una risposta, ma dopo qualche secondo lui sospirò. "Per quanto possa essere sbagliato, anche io vorrei baciarti."

"Perché dovrebbe essere sbagliato," chiesi, confuso.

Lui soffiò piano e scosse la testa. "Un ex-detenuto che andrà sulla East Coast non appena sarà sicuro e un poliziotto la cui intera vita è a San Diego. Come potrebbe funzionare?"

Avrei voluto avere una risposta, ma non ebbi neppure il tempo di pensare perché il tassista suonò il clacson e nel giro di pochi minuti eravamo in viaggio verso casa dei miei genitori. Jason era seduto dietro e non chiese neppure una volta da dove fosse uscito il seggiolino per Daisy, quando lo avevo tirato fuori dal garage. Lo avevo un po' sfregato e gli avevo anche tolto qualche punto dall'imbottitura per farlo sembrare usato; e mentre lui la legava e mi aveva sorpreso a guardarlo, aveva sorriso.

"Non avevo pensato al seggiolino," aveva detto, quasi fosse arrabbiato con se stesso. "Avrei dovuto."

"Sono abituato a Mia," risposi, ma avrei voluto rimangiarmi le parole quando vidi il sorriso scivolargli via dal volto. Ero uno stupido, perché ovviamente lui non era *abituato* a Daisy.

Il tragitto durò solo mezz'ora e arrivammo poco dopo mezzogiorno, ben oltre l'inizio della partita. Jason e Daisy rimasero alle mie spalle: sapevo che all'inizio la mia famiglia poteva mettere soggezione. Senza contare l'enorme albero di Natale, che per il Ringraziamento era già addobbato, insieme alle ghirlande e alle lucine. Ma ben presto Daisy fu fagocitata nel gruppo degli altri bambini, soprattutto quando la figlia di una cugina di secondo grado, che indossava un vestito uguale al suo, annunciò che sarebbero state principesse gemelle.

Quando alla fine io e Jason raggiungemmo il regno di mamma, dopo aver salutato papà che era praticamente incollato alla TV, trovammo Lorna seduta su uno sgabello e Reid che mescolava qualcosa dentro a una grossa teglia.

"Buongiorno, famiglia, lasciate che vi presenti Jason," dissi. Tre paia di occhi si posarono su di noi, ma fu la mamma a muoversi per prima: scivolò accanto agli altri e avvolse Jason in uno dei suoi abbracci brevettati. Pensate a ogni possibile stereotipo sulle madri italiane e vi sarete fatti un'idea abbastanza precisa di come fosse mamma Byrne, moglie di un polizotto ormai in pensione.

Adorava circondarsi di persone: me e i miei fratelli in primo luogo, poi i miei zii, le mie zie e i miei cugini, ma anche amici poliziotti... in pratica, come ribadivamo praticamente tutti gli anni, rappresentavamo tutti i Distretti della zona.

"È bellissimo poterti finalmente conoscere di persona," disse a Jason.

Io feci una smorfia dentro di me, perché sapevo che era il suo modo di sottintendere che avrei dovuto portarlo prima. Considerato che era a casa mia da non più di due settimane, mi preparai a difendermi, ma quello era lo spettacolo di mamma Byrne e lei non era disposta ad ammettere che ci fossimo appena conosciuti. "Ti siamo immensamente grati per Eric," gli disse, stritolandolo nel suo abbraccio.

Ah, già, ad esclusione del piccolo particolare che aveva salvato la vita a Eric.

"È bello," continuò la mamma, accarezzandogli la

guancia e lanciandosi in un lungo sproloquio in italiano che lui non avrebbe mai avuto la speranza di capire. Si voltò perché traducessi, ma io mi limitai a stringermi nelle spalle. "E voglio anche conoscere la piccola Daisy ma dopo aver mangiato, così potremo parlare con calma."

"Sissignora," rispose Jason e lei fece schioccare la lingua.

"Chiamami *mamma*. Non ci sono signore qui."

"Va bene."

Fu quindi il turno dei miei fratelli di salutare Jason, ma mancava qualcuno.

"Dov'è Jax?"

"Non c'è," rispose la mamma riprendendo a cucinare.

Lorna si strinse nelle spalle; Reid sollevò le sopracciglia perplesso quanto me, e io decisi che la scelta migliore in un caso del genere fosse lasciar perdere: non conveniva mai sfidare una mamma arrabbiata. Ciò non mi impedì tuttavia di mandare un rapido *'dove cazzo sei?'* a mio fratello, mentre Jason e Reid parlavano della partita, anche se era chiaro che nessuno dei due ne capisse niente.

La risposta arrivò subito e fu quantomeno misteriosa: *A Vancouver, scusa*. Feci leggere il messaggio a Reid e Lorna, ma mi affrettai a mettere via il telefono quando mamma mi lanciò un'occhiata.

I fratelli Byrne non si perdevano il Ringraziamento. Era la legge. Punto. Detto ciò, nonostante Jax mi mancasse da morire, non avevo il tempo di pensarci in quel momento, anche perché la sua ex-moglie e i loro figli erano venuti e rimasi a lungo a parlare con loro, fino a che non fui di nuovo convocato in cucina, dove papà era in piedi vicino al tacchino, pronto a portarlo in sala da pranzo. Quello era uno dei miei ricordi più belli del Ringraziamento, i tavoli scompagnati e presi in prestito, le sedie di varie dimensioni, il tavolo dei grandi e quello dei bambini e i posti extra per chiunque si presentasse all'ultimo momento. Quell'anno gli ospiti improvvisi erano Jason e Daisy e benché volessi suggerire che quest'ultima sedesse accanto al padre, ci accorgemmo che aveva subito fatto amicizia con gli altri pargoli Byrne, quindi andò a mangiare insieme a loro.

Non era più intimidita come quando si era presentata per la prima volta a casa mia, forse anche grazie alle visite di Lillian. Era chiaro che Billy non le piacesse, ma non era tanto quello a tormentarla, in fondo non aveva attentato alla sua incolumità, quanto il fatto che l'uomo avesse fatto piangere Rain, ed evidentemente Daisy era molto protettiva nei confronti della madre. Lillian voleva continuare a parlare con lei, e Jason aveva acconsentito ad andare avanti fino a quando non fossero partiti.

Quella cazzo di scadenza mi tormentava, e trovarmi davanti Jason, seduto esattamente davanti a me, stretto tra mamma e Reid, non aiutava. Così come non aiutavano le occhiate confuse che mi lanciava, così cercai di riprendermi e ammiccai. Poi fu il momento della preghiera.

Il mio rapporto con Dio era complicato. Sulla carta

ero cattolico, ma a praticare regolarmente non ci pensavo nemmeno. Ero più il tipo da funzione di Natale/Pasqua e conservavo le preghiere per i momenti di calma. Ogni tanto andavo in chiesa e facevo tutto quello che c'era da fare, immergendomi in un linguaggio dal sapore arcaico, nei personaggi straordinari e spesso, se la chiesa era vuota, riuscivo anche a pregare, ma l'aspetto sociale della religione non faceva per me. Mi piacevano il silenzio, la fede e le buone azioni, o almeno era così che mi aveva descritto Padre Nicholls quando a quattordici anni mi ero rivolto a lui dopo aver baciato il mio primo ragazzo.

Ero l'unico dei quattro fratelli Byrne ad aver frequentato la chiesa insieme a mamma e papà; gli altri appartenevano a confessioni che andavano dall'ateismo alla spiritualità, ma mai una volta i nostri genitori ci avevano dato motivo di pensare che le nostre opinioni fossero sbagliate. Eppure, quella sera ci stringevamo le mani perché era il Ringraziamento e noi eravamo una famiglia, e dopo aver ringraziato Dio per il cibo aggiunsi anche una piccola preghiera personale.

Fa' che Jason trovi la sua strada. Tienili al sicuro e fa' che restino.

Sì, volevo che restassero e Dio doveva certamente sapere come mi sentivo.

"Devi andare a casa e preparare l'albero!" esclamò mamma all'improvviso a voce alta, facendomi capire che aveva fatto il terzo grado a Jason. Daisy, che era al suo fianco, le sorrideva e aveva un'espressione visibilmente elettrizzata. "Mi hanno detto che non l'hai ancora fatto."

"Non tutti fanno l'albero a novembre, mamma," cercò di appoggiarmi Reid, ma era una battaglia persa.

"Possiamo fare l'albero a casa?" chiese Daisy. Jason la guardò del tutto inerme, preso tra le maglie di una donna che adorava decorare e lo sguardo implorante di sua figlia; mentre io dovetti costringermi a mandare giù il nodo di emozione che mi si era formato in gola per come aveva detto *casa*.

"Lo faremo il prossimo fine settimana," risposi, perché nessuno avrebbe mai dovuto deluderla, non finché avrei potuto evitarlo. Ed era valsa la pena averlo detto, perché lei aggirò il tavolo, mi fece scostare la sedia e mi abbracciò.

"Grazie, grazie, grazie," esclamò, poi tornò a mangiare, probabilmente cercando di spiegare agli altri bambini perché fosse così emozionata, visto che tutti la ascoltavano rapiti. Sentivo il cuore che mi si scioglieva nel petto ogni volta che la guardavo e avevo una voglia matta che restassero anche per Natale.

Lasciammo la casa dei miei genitori con una marea di avanzi, tra i quali anche una torta intera, e passammo il viaggio in silenzio per non disturbare Daisy che dormiva. Come anche all'andata, io avevo preso posto davanti, ma allungai la mano dietro per assicurarmi che Jason stesse bene. Lui si protese per allacciare le dita alle mie e restammo in quella posizione fino a che non arrivammo a casa.

Cosa significava? Avevo bisogno di toccarlo, di baciarlo, e di trovare una valvola di sfogo per il calore che mi sentivo bruciare nel petto. Non riuscivo più a immaginare un futuro senza di lui, mi preoccupavo per entrambi, li volevo nella mia vita, e volevo lui nel mio letto. Avevo voglia di fare la cioccolata calda, addobbare l'albero, scrivere i biglietti d'auguri e un milione di altre cose.

Ma l'unica cosa a cui riuscivo a pensare era che forse ero semplicemente innamorato.

Capitolo Venti

Jason

Quando arrivammo a casa, Leo si destreggiò con il cibo, mentre io portavo Daisy a letto. Rimase sveglia quel tanto necessario a usare il bagno e lavarsi i denti, poi l'aiutai a togliersi il vestito da principessa e l'appesi dalla sua parte dell'armadio, dominato quasi esclusivamente dal rosa.

"Papà?" mi chiamò piano mentre le rimboccavo le coperte e spostavo i cuscini così che avesse più spazio.

"Sì, tesoro?"

"Ti voglio bene," disse con uno sbadiglio.

"Anch'io ti voglio bene." Le posai un bacio sui capelli e sorrisi nella semioscurità.

"E voglio bene a Cap, a Leo e alla mamma." Si mise sul fianco e si riaddormentò prima che potessi trovare le parole per rispondere. Avrei potuto mettermi a letto anche io, ma erano solo le nove; oppure avrei potuto leggere nella luce soffusa dell'abat-jour, o avrei potuto scendere al piano di sotto e affrontare la tensione crescente che sentivo scorrere tra me e Leo. Immagini di noi due che ci davamo piacere a vicenda nel corridoio mi riempivano la mente, e l'idea di baciarlo non mi spaventava più, anzi era l'unica cosa a cui ero riuscito a pensare per tutto il giorno. Quando Daisy era corsa da lui e l'aveva abbracciato dopo che le aveva promesso che avremmo fatto l'albero, qualcosa nel mio petto era scattata.

Credo che fosse un'altra parte di me che si spalancava per lasciar entrare affetto e amore.

So che è il mio cuore.

Quando entrai in salotto, Leo era seduto sul divano con la gamba appoggiata su uno sgabello e si massaggiava il fianco sinistro.

"Stai bene?" gli chiesi, e lui indicò la cioccolata calda sul tavolino da caffè.

"Ce n'è una anche per te," disse mentre continuava a fare pressione sui muscoli. "E comunque sì, mi fa solo un po' male perché l'ho sforzata." Presi la cioccolata e invece di andare a sedermi sulla poltrona di fronte, mi accomodai al suo fianco. Non aveva senso fingersi ritroso in quel momento: volevo baciarlo, forse anche di più, e lo volevo quella notte.

Mi sarebbe piaciuto potermi portare via almeno il ricordo di come la mia vita avrebbe potuto essere se fosse stata diversa.

Leo però stava soffrendo e io volevo aiutarlo. "Vuoi che dia un'occhiata?" gli domandai e quando lui annuì piano, tornai ad appoggiare la tazza sul tavolo. "Girati," gli suggerii. Lui obbedì e nel giro di pochi secondi avevo trovato il punto dolente, che gli strappò un ansito. "Potresti stenderti?" dissi ancora e mi spostai indietro per guardarlo mentre cambiava posizione e, tra un'imprecazione e l'altra, si stendeva sulla pancia. "Sei tesissimo," osservai, e gli abbassai un po' i pantaloni per raggiungere le due fossette che si trovavano appena sopra la fessura del suo sedere perfettamente rotondo. Avevo cominciato a interessarmi all'anatomia quando ero in prigione e avevo letto ogni libro su cui ero riuscito a mettere le mani: se da una parte non avevo nessuna speranza di poter diventare un vigile del fuoco, avrei sempre potuto fare i massaggi o intraprendere la carriera di chiropratico. Forse addirittura lavorare con i paramedici.

Non era possibile, tuttavia, e lo sapevo. Ero un exdetenuto e non sarebbe stato facile trovare lavoro, ma ero bravo con le mani e in qualche modo sarei riuscito a cavarmela.

"Terra a Jason!" attirò la mia attenzione Leo.

Cominciai a muovere le dita, tracciando i muscoli e facendo pressione per vedere quali punti avessero bisogno del mio intervento e da dove partisse il dolore. Quando lo sentii trattenere il fiato, capii di esserci vicino. Per qualche secondo massaggiai l'area attorno al punto dolente, poi mi avvicinai, premendo sul nodo e tenendo ferme le dita per interrompere l'afflusso di sangue e permettere al muscolo di respirare e riprendere la sua forma originaria. All'inizio Leo si irrigidì, ma poi si rilassò e alla fine cominciò a canticchiare una canzoncina di Natale, e allora seppi che avevo raggiunto il mio scopo e lo avevo aiutato a stare meglio. Lo aiutai a mettersi seduto e stavo per inginocchiarmi al suo fianco per chiedergli se stesse meglio, quando mi tirò giù con forza facendo sì che perdessi l'equilibrio e gli crollassi addosso. Cercai di tirarmi su, ma lui mi trattenne e mi baciò, non lasciandomi altra scelta che sciogliermi contro di lui.

Poi si mosse, o mi mossi io, non era quello l'importante. L'importante era che gli stavo a cavalcioni e sentivo la sua lunghezza premere contro la mia. Emisi un gemito carico di urgenza e cominciammo a muoverci l'uno contro l'altro, cercando entrambi di più. Poi lui si fermò e mi prese il viso fra le mani.

"Lo facciamo di nuovo?" chiese con cautela. Ricordai il bacio che ci eravamo scambiati nel corridoio, quando mi ero strusciato contro di lui per sentire qualcosa.

"Tu lo vuoi?"

Fece una risatina. "L'ho voluto sin da quando ti ho visto all'ospedale il giorno dopo che hai salvato Eric."

"Quella era solo gratitudine."

Mi rubò un altro bacio appassionato. "Può darsi, ma non era gratitudine quando ti ho baciato nel bagno, anche se non è certo stato uno dei miei momenti migliori."

"Neppure uno dei miei," gli sussurrai contro le labbra. Lo volevo con una smania che mi toglieva il fiato e mi auguravo solo che smettesse di parlare.

"E di certo non era gratitudine quando eravamo nel corridoio. O quando ti guardo, o se penso a tutte le docce fredde che sono costretto a fare se voglio sperare di scendere in condizioni decenti."

"Oh..."

"E non è gratitudine quando ti sento leggere per Daisy, o quando penso a come sarebbe la mia vita se foste la mia famiglia."

"Leo, cazzo..."

"Voglio che tu e Daisy restiate qui per sempre."

"Hai bevuto? Leo..."

"Mi sto innamorando di te," mormorò.

Prima che potessi tirarmi indietro e chiedergli cosa avesse appena detto, mi baciò di nuovo, impedendomi di fatto di pensare. Adorai il modo in cui, quando gli feci scivolare le mani sotto la maglietta e gli accarezzai e pizzicai i capezzoli, lui inarcò la schiena e gemette. Se a quello si aggiungeva il fatto che fosse un bastardo a cui piaceva dare ordini e non apprezzava per niente che fossi io a stare sopra, mi sentivo in paradiso. Avevo bisogno che fosse qualcun altro a farmi volare, volevo potermi fidare di lui completamente... volevo che mi dicesse cosa fare. Mi portò vicinissimo al limite, il respiro che mi usciva in ansiti affannati, e infilò le mani dentro ai miei shorts, spingendoli giù e chiedendomi di fare lo stesso con i suoi, finché non ci ritrovammo pelle contro pelle. Leo strinse nella mano entrambe le nostre erezioni e io inarcai la schiena, sollevandomi sulle ginocchia. I pantaloni mi impedivano però di muovermi e lui mi aiutò a toglierli del tutto, permettendomi di restare finalmente nudo.

Quell'orgasmo così prossimo era proprio quello di cui avevo bisogno in quel momento, e avrei fatto di tutto per raggiungerlo.

Mi tieni al sicuro. Ti occupi di Daisy. E io mi sto

innamorando di te. Non mi importava che quel sentimento nascesse dalla ragione sbagliata, non sapevo se fosse gratitudine o solo lussuria, ma sigillai le nostre bocche in un bacio infinito e spinsi dentro al suo pugno chiuso finché la lava che mi bruciava dentro non eruttò e il piacere si portò via anche l'ultimo pensiero razionale. O perlomeno quella fu l'impressione che ebbi, mentre lui mi seguiva nell'orgasmo e approfondiva sempre di più il bacio, che prima si fece frenetico e poi si ammorbidì, fino a diventare un semplice respirarsi sulle labbra.

Avevo creduto che solo un miracolo mi avrebbe permesso di sentirmi al sicuro; invece mi sentivo al sicuro e desiderato. Era più di quanto avrei mai potuto immaginare, e due volte più spaventoso.

Ci ripulimmo in silenzio, poi andammo di sopra e ci addormentammo nudi, stretti l'uno all'altro.

Non mi allontanavo mai troppo dal mio cellulare, e infatti fu quello a svegliarmi, quando cominciò a vibrare sopra il ripiano di vetro del comodino. Con gli occhi ancora gonfi di sonno, allungai la mano per prenderlo, ma quasi mi cadde quando mi si riaffacciarono alla mente i ricordi della sera prima.

Che diavolo ho fatto?

Avevo lasciato cadere tutte le mie barriere, facendomi guidare dal desiderio, solo perché mi aveva fatto sentire speciale? Che idiota del cazzo ero diventato?

Poi lui aveva detto che saremmo potuti restare per

sempre. Chi diavolo parlava ancora in quel modo? Il *per sempre* non esisteva, e quella non era una favola.

"Sei un idiota che si innamora di qualcuno con cui non potrà mai stare," biascicai tra me e me mentre aprivo lo sportellino e leggevo il messaggio.

Possibile pista per Billy.

Scesi dal letto, mi infilai i pantaloni e misi il telefono in tasca; il tutto cercando di essere quanto più silenzioso possibile. Leo dormiva con il viso affondato nel cuscino e io rimasi a guardarlo a lungo nella speranza che si svegliasse per potergli parlare, ma ad esclusione di un paio di parole mormorate lui continuò a restare nel mondo dei sogni, così tornai in camera mia e mi nascosi in bagno. Erano solo le cinque del mattino.

Non avevo idea di quando la cautela nei confronti di Leo si fosse trasformata in fiducia, o quando la rabbia e la paura fossero diventate passione, e neppure avrei saputo definire il momento esatto in cui la passione era diventata qualcosa – molto – di più. L'unica certezza che avevo era che mi stavo nascondendo nella doccia, con la porta chiusa, e non sapevo spiegare come fosse successo né perché mi sentissi in colpa per essere andato subito nel panico.

Parlagli. Raccontagli tutto. Fagli capire cosa ti ronza in testa e permettigli di aiutarti. Era stanco ieri notte e forse ha parlato a sproposito. Nessuno dice la verità mentre fa l'amore.

"Sesso!" esclamai prima di rendermi conto che stavo parlando alle piastrelle. "È solo sesso."

Non poteva esserci futuro per noi e lui non avrebbe fatto parte della vita che avevo intenzione di costruirmi sull'altra costa. Non potevo chiedere a un poliziotto con una famiglia affettuosa, una bella casa, un lavoro stabile e i migliori amici che si potessero desiderare, di abbandonare tutto e trasferirsi a migliaia di miglia da lì. Non sarebbe finita bene.

Probabilmente, quando al risveglio avrebbe visto che ero scappato come se avessi avuto il fuoco al culo, avrebbe pensato che fossi uno svitato. E anche se magari avrebbe immaginato che fossi andato a controllare Daisy, dentro di sé avrebbe saputo di avermi spaventato. La sera prima non solo mi aveva dimostrato tutta la sua passione, ma mi aveva anche dato una speranza, e per un attimo io l'avevo accolta dentro di me e avevo immaginato la nostra piccola famiglia.

Fino a che non mi ero reso conto che non sarebbe mai potuto accadere.

"Devo parlargli." Non ero il tipo di persona che evitava i confronti, non lo ero mai stato. Chiusi l'acqua, mi asciugai alla bell'e meglio i capelli e mi avvolsi un telo attorno ai fianchi. Poi, con un sospiro, ripassai accanto a Daisy, della quale si vedeva solo qualche ciuffo biondo che spuntava da sotto la coperta. Aprii la porta e mi trovai faccia a faccia con uno sconosciuto. Per un attimo pensai che fosse un sicario mandato da Billy e lanciai un urlo acuto.

"Calma, calma," disse l'uomo. Mi ricordai di averlo già visto in una foto di gruppo ai piedi delle scale. "Sei il suo nuovo ragazzo?" mi chiese poi, incrociando le braccia sul petto. Mi squadrò dalla testa ai piedi e notai il momento in cui il suo sguardo si soffermò sulle cicatrici che avevo sul braccio, ma non dissi niente. Innanzi tutto, perché ero a corto di parole, e in secondo

Capitolo 20

luogo perché avevo addosso solo un telo, e da un momento all'altro Leo sarebbe uscito dalla sua camera con indosso anche meno e la situazione sarebbe diventata ancora più imbarazzante.

"Chi vuole saperlo?" Sollevai il mento in segno di sfida. "Un ex o qualcosa del genere?"

Il tizio con i capelli rossi rise e mi porse la mano, visibilmente più rilassato. "Jax. Sono il fratello molto più bello e giovane di Leo." Era alto più o meno quanto me, magro e con i capelli rossi, che erano la prima cosa che si notava di lui. Aveva il viso coperto di efelidi, una stretta di mano decisa e indossava un completo. Non era un artigiano? Perché era così elegante?

"Ciao," risposi imbarazzato. Avrei voluto presentarmi un po' più coperto.

"Lui dov'è?"

"Chi?"

"Leo," rispose Jax confuso. "A meno che non sia sotto copertura e ti abbia dato un nome falso."

Poi però perse la sua compostezza, quando Leo, fortunatamente con maglietta e pantaloni, uscì dalla camera e gli tirò uno scappellotto.

"Se così fosse stato, me l'avresti appena bruciata, coglione."

Jax rispose con una spinta. "Va tutto bene. Ci penso io ad arrestare questo criminale e ad ammanettarlo al tuo letto," scherzò, poi rise quando Leo gli si gettò addosso e cominciarono ad azzuffarsi per finta contro il muro, come facevano tutti i fratelli. Io feci un passo indietro, poi un altro, finché non mi ritrovai in camera mia, dove chiusi la porta. Mi infilai in fretta un paio di pantaloni e una maglietta, poi mi passai le dita tra i capelli umidi, desiderando di poter riavvolgere il tempo fino alla sera prima, qualche minuto prima del miglior orgasmo della mia vita.

Appena prima del momento in cui Leo mi aveva detto che voleva che restassimo e prima di avere la sensazione che tutto stesse andando a rotoli.

Capitolo Ventuno

Leo

"Ehi, cazzone, possiamo parlare?" mi chiese Jax nel momento stesso in cui Jason rientrò nella sua stanza.

Amavo mio fratello, anche se a volte era uno stronzo, ma non era con lui che avevo bisogno di parlare in quel momento. In quel momento dovevo ribadire a Jason che la notte prima ero stato sincero. Mi era bastato vederlo per capire che era nervoso, e volevo rassicurarlo. Qualunque fosse il problema di Jax, c'era Jason al centro dei miei pensieri.

"Non possiamo parlare dopo?" chiesi impaziente. "E chi ti ha fatto entrare?"

Lui mi guardò con la fronte aggrottata. "Ho la chiave, coglione. Ti sei alzato con il piede sbagliato?"

"Ho una questione da risolvere, Jax."

"Bene, e io ho notizie di Z," mormorò lui così piano che ci misi un attimo a cogliere il senso delle sue parole.

"Quali?"

"Qualcuno mi ha contattato da Vancouver. Ci sono andato ieri e questo tizio ha detto che Z potrebbe aver sposato sua sorella e che…" Si passò una mano tra i capelli, "…potrebbe essere ancora in Canada."

Gli diedi una pacca sulla spalla, evitando di dirgli che c'era la possibilità che si rivelasse un altro buco nell'acqua. "È fantastico."

Sentii la porta della camera di Jason chiudersi e capii che per il momento l'opportunità di parlargli era sfumata, ma avrei potuto farlo più tardi e io ero determinato a dimostrargli che avremmo potuto avere di più.

"Dov'è il caffè?" chiese Jax, allegro e pieno di energia, mentre io mi sentivo uno straccio.

"Preparalo. Ti raggiungo tra un attimo."

"E possiamo aggiornare il file?"

"Sì."

Jax si elettrizzava sempre riguardo a quella parte, ma per me gli indizi e le piste erano interessanti solo quando portavano a dei risultati. Vancouver era stata la decima città che Jax aveva visitato per cercare suo fratello gemello Zachariah, o Z, come lui ricordava di averlo chiamato quando erano piccoli. Erano stati separati anni addietro e Z era sparito; nessuno sapeva se fosse ancora in Canada o se fosse arrivato negli Stati Uniti come lui.

Io sapevo solo che il mio fratellino aveva bisogno d'aiuto e nonostante volessi disperatamente chiarire le cose con Jason, era Jax a essere arrivato prima.

Quando andò via, erano ormai le nove e avevamo bevuto così tanto caffè che mi sentivo vibrare i nervi.

Nonostante l'ora, tuttavia, non c'erano segni né di Jason né di Daisy. Così decisi di andare a cercarli con dei toast, del caffè, succo d'arancia e Cap.

Cap era la mia arma segreta; nessuno era capace di resistergli. Fu così che mi ritrovai da solo con Jason, perché Daisy era nella vasca e Cap voleva giocare con le bolle.

"La notte scorsa..."

"Non parliamo..."

Cominciammo a parlare nello stesso momento, ma non c'era modo che accettassi di tacere. Gli presi la mano, cogliendolo evidentemente di sorpresa perché provò ad opporsi, ma io non volevo saperne di lasciarlo e allacciai le dita alle sue.

Andai dritto al punto. "È così impossibile pensare di rimanere?"

Lui aggrottò la fronte. "Sì, devo rifarmi una vita insieme a Daisy in un posto dove Rain potrebbe raggiungerci, se potrà."

Mi avvicinai. Riuscivo a vedere le pagliuzze più scure nei suoi occhi. "Vuoi rimetterti con Rain?"

"No, ma se si sveglia, allora voglio che faccia parte della vita di Daisy."

"Potrebbe venire qui," proposi, senza riflettere a fondo.

Lui scosse la testa. "Non è il momento giusto per noi. Se fosse stato..."

Il mio cellulare cominciò a squillare e io risposi senza pensare, attivando il vivavoce quando mi accorsi che era Jax.

"Non è il mom..."

"Sì, sì, lo so, ma mi sono dimenticato di dirti che una parte dell'ordine di Ringwood è arrivato," annunciò lui.

"Davvero?" La casa-famiglia presso cui noi tre amici facevamo volontariato aveva un bisogno disperato di una nuova cucina, ed Eric l'aveva pagata di tasca sua, anche se nessuno doveva saperlo. Adam, un altro pompiere, stava preparando il progetto insieme a noi, e non vedevo l'ora di cominciare. Strinsi la mano di Jason quando mi accorsi che cercava di staccarsi.

"Ehi?" mi chiamo Jax. "Terra a Turt. Ho la roba qui. Tu e i ragazzi potete venire a gennaio, così cominciamo. Va bene?"

Jason mi fissava e sembrava sul punto di perdere del tutto il controllo mentre io invece parlavo di cose normali con mio fratello. Gli posai un bacio sulla fronte e lui alzò il viso così che potessimo baciarci sul serio.

"Hm-hm," dissi a Jax, che non la smetteva più di parlare.

"Mi stai ascoltando?" chiese poi con un sospiro, e io cercai di concentrarmi sulla conversazione.

"Sì?" dissi. Risposta sbagliata, perché gli fece capire che non lo stavo ascoltando.

"Ho chiesto se a gennaio ce la fate."

"Questo gennaio?"

"No, nel 2022," scherzò Jax. "Certo che intendo questo gennaio, idiota. Altrimenti avrei specificato l'anno."

Quello mi fece tornare alla realtà. "Sei tu che non sai spiegarti, scemo."

"Sì, sì, va bene."

"Imbecille."

"Bastardo." Poi cominciammo a ridacchiare da bravi fratelli, sotto lo sguardo prima sorpreso e poi divertito di Jason. "Va bene, ne parlo a Sean, ma non so dirti per Eric. Bisogna che si riposi un po'." Quella conversazione era surreale e alla fine Jason abbassò lo sguardo e continuò a stringermi la mano, mentre Jax continuava il suo sproloquio.

Guardai Jason accarezzare Cap, che era venuto a sedersi accanto a noi con la schiena coperta di bolle e batteva ritmicamente la coda sul tappeto. Io invece scorrevo il calendario con una mano. C'era stato un momento in cui avevo tre calendari sul telefono, copie di quelli appesi al frigorifero con le calamite della Torrey Pines Reserve. Quello di Eric era sempre il più smilzo perché non sapeva mai quando avrebbe potuto essere chiamato, e Sean era spesso bloccato al pronto soccorso dell'ospedale per giorni interi. Ora avevo solo il mio sul telefono e lo stesso sul frigorifero. Ordinato, pulito, racchiuso in caselle a cui aggiungere dettagli; triste, poiché ora non lavoravo, ma con un grosso cerchio attorno al cinque gennaio, il giorno in cui, se tutto andava bene, avrei ripreso servizio. Forse ora avrei potuto aggiungere qualcosa per Jason e Daisy. Danza? Lezioni di nuoto? O scuola materna? O qualunque fosse la cosa che avremmo potuto fare fintanto che fosse durata.

Dio, ti prego, fa' che duri per molto, molto tempo.
Tipo, per sempre.

Cosa? Da dove era uscito quel pensiero? Sì, mi ero innamorato di Jason, ma ciò non significava che lo avrei tenuto legato a me per sempre. Avremmo potuto stare insieme un mese o poco più, giusto finché non si fosse sentito pronto a partire. Misi da parte quei pensieri tristi e mi concentrai su Jax, che stava di nuovo sbuffando.

"Potrei portare un aiuto in più. Jason e Daisy." Vidi Jason sgranare gli occhi. Leggevo la sua espressione come un libro aperto. Volevo che lui e Daisy facessero parte della mia vita, almeno per il momento, e quello significava uscire e fare le cose che facevo di solito. Ma significava anche prendere impegni per dopo Natale, e quello era un passo importante. Solo che per lui, impegnarsi a fare qualcosa dopo Natale, significava accettare un futuro che sembrava terrorizzarlo.

"Sarebbe fantastico," disse subito Jax, entusiasta.

"Sì, porterò altra manodopera," annunciai e Jason scosse la testa e mi strinse la mano allo stesso tempo. Forse, in mezzo a tutta quella confusione, avremmo potuto sperare di trovare un po' di normalità, e il punto di partenza era decorare l'albero. Mi auguravo solo di riuscire a frantumare la sua idea di non poter avere un futuro insieme a me.

Alla serra Daisy sembrava nel suo elemento, Cap stava al guinzaglio ed era coperto di glitter e io zoppicavo davanti a tutti. Jason, invece, faceva del suo meglio per trovarsi dal lato opposto al mio e accanto a sua figlia, così che non potessimo parlare. Trovare l'albero perfetto fu difficile, ma Daisy stava entrando nello spirito, aggiungendo le sue motivazioni alle mie sciocche spiegazioni sul perché questo o quello fossero sbagliati. Jason girovagava e si guardava intorno, ma anche se cercava di ignorarmi, non era mai troppo distante da Daisy. Quando arrivammo a casa, cominciò a sciogliersi, e nonostante io non riuscissi a capire cosa gli stesse passando per la testa, ero determinato a strappargli un sorriso.

Per buona parte del pomeriggio ebbe un'aria abbattuta, incerta, a volte arrabbiata, e poi, di punto in bianco diventava allegro e sorridente. Era come se un attimo prima credesse nella possibilità che ci fosse un futuro in quella casa e si desse modo di godersi l'idea, e quello dopo permettesse ai suoi dubbi di prendere il sopravvento e tornasse triste.

Per quanto mi riguardava, volevo credere che fosse così preso da noi che il pensiero di una fine prossima lo rattristasse.

"Questo dove va?" si insinuò nei miei pensieri Daisy.

Mi inginocchiai al suo fianco. Aveva in mano un piccolo tamburino legato a un filo rosso, e io la sollevai per permetterle di attaccarlo in alto.

"Io so suonare il tamburo," le disse Jason.

"Davvero, papà?" chiese lei mentre prendeva la decorazione successiva, una pallina d'oro coperta di glitter.

"Sì," disse Joseph prima di cominciare a suonare sul coperchio di una scatola mezza vuota, finendo con un florilegio e un rapido bacio sulla sua testa. Poi lei si distrasse cercando tutte le palline dorate, e io feci un passo indietro per controllare l'albero.

"Un batterista, eh?" gli chiesi quando allungò il braccio per prendere un'altra ghirlanda, e lui abbassò la testa come se fosse timido, un gesto che non gli avevo mai visto fare prima.

"Sì, facevo parte di una band, ma era una schif...

brutta. Mi sarebbe piaciuto andare in tournée ed esplorare quel mondo, ma il posto più lontano che abbiamo raggiunto è stato Hollywood, e neanche il lato buono."

"Dovresti ricominciare."

"Un giorno." Prese una mela rossa e verde decorata con della filigrana a imitazione del ghiaccio e la guardò sconcertato. "Alcune di queste decorazioni sembrano antiche."

"Intendi vecchie, forse." Non riuscivo a smettere di ridere e dopo qualche secondo lui mi imitò.

"Sì, solo vecchie, credo."

"Quando siamo usciti di casa, mamma ci ha dato una scatola a testa con le nostre cose: libri, foto e queste decorazioni incartate con cura. Le tiro fuori tutti gli anni e mi fanno sentire unito alla mia famiglia.

"Sì, a me non poteva capitare." Si strinse nelle spalle. "La solita vecchia storia che secondo Dio tutti i gay sono peccatori eccetera eccetera."

Avrei voluto stringerlo a me e consolarlo, ma sembrava ancora un po' nervoso, e io non ero sicuro che avesse bisogno di sentirsi dire che tutto sarebbe andato bene. D'altronde, come facevo a sapere se fosse rimasto in contatto la sua famiglia?

"La Fede è una cosa strana," dissi invece. "Il Papa è tutto 'i gay sono nostri fratelli'."

"Ha usato proprio quelle parole?" mi canzonò lui, e mi piacque un sacco sentirlo così allegro.

"Non proprio, ma dice che è stato Dio a crearci come siamo, ed è una diretta conseguenza dell'assunto 'ama il peccatore, odia il peccato'."

Capitolo 21

"Sei religioso, quindi?" Pronunciò le parole con una certa riluttanza, come se non sapesse quali usare.

"Credo nel mio Dio, e prego. È la fede che mi aiuta a mantenere la calma quando tutto intorno a me sembra andare a puttane." Aspettai che ridesse, o commentasse o semplicemente che annuisse. Non fece nessuna delle tre cose, ma mi guardò con attenzione.

"Mi piacerebbe essere come te, ma l'ideale di religione dei miei genitori non prevedeva l'essere gay. I miei pensavano semplicemente che fossi... aspetta, che parola avevano usato?" Arricciò il naso in modo delizioso, anche se mai e poi mai gliel'avrei detto. "Un abominio," finì prima di stringersi nelle spalle.

"Cos'è un arbo-minio?" domandò Daisy. Sussultammo entrambi, rendendoci conto all'improvviso che aveva ascoltato ogni nostra parola. Cazzo.

"Un uomo fatto di foglie," spiegò Jason, spalancando gli occhi, camminando a grandi passi pesanti e con le braccia larghe. "Un enorme albero con le gambe che vuole farti il solletico."

Daisy scoppiò a ridere a scappò verso sinistra. Jason andò a destra, inciampò su Cap e finì disteso a terra, mentre il mio cane gli saltellava attorno come se quello fosse il più bel gioco del mondo.

"Cap! Scappa! Non farti prendere dall'arbo-minio!"

Mi unii anche io alla confusione generale e fu uno di quei momenti meravigliosi che non avrei scordato per tutta la vita

Dopo che ci fummo tutti calmati e Jason, l'uomo di rami arbominoso, ci ebbe deliziato con un miniconcerto sullo schienale del divano, mentre Daisy si rotolava a terra dalle risate e Cap abbaiava a tempo di musica, arrivò il momento di accendere le luci.

Tenendo una mano di Daisy a testa e dopo un conto alla rovescia, che vide Cap andare avanti e indietro davanti all'albero, infilai la presa e la stanza si riempì del bagliore di centinaia di lucine colorate intermittenti. Poi fu il turno della cioccolata, della pizza e infine di sedersi tranquilli davanti al nostro albero.

Daisy non resistette a lungo e cominciò quasi subito a sbadigliare, così Jason la portò di sopra. Io pensai a Cap, chiusi porte e finestre e salii a mia volta, cogliendo le ultime righe di una storia mentre la bambina scivolava nel mondo dei sogni. Jason spense la luce, si assicurò che tutto fosse a posto, poi sollevò la testa e mi vide sulla soglia. Speranza e affetto gli attraversarono lo sguardo in un lampo, ma feci in tempo a vederli.

Gli porsi la mano, lui la prese e insieme andammo in camera mia.

Ci spogliammo lentamente, al buio, baciando ogni lembo di pelle su cui riuscivamo a mettere le mani, finché non fummo completamente nudi ed eccitati.

"Scopami," disse Jason spingendomi verso il letto.

"Sì, ma con calma," lo rassicurai, ma di lì a poco mi ritrovai steso sulla schiena, il gesso impigliato nella coperta e una gran confusione. Lo tirai giù con me, ma nel momento in cui toccò il materasso, usai lo slancio e lo inchiodai sotto di me. "Con. Calma."

"Non abbiamo tutto il tempo del mondo," ringhiò lui, e io avrei voluto dirgli che sì, lo avevamo, ma sarebbe stata una bugia, perché sapevo che stava ancora pensando di andare via alla prima occasione.

"Non voglio avere fretta," dissi mordicchiandogli la clavicola e poi più giù, succhiandogli un capezzolo finché non lo sentii gemere, mordendolo piano e per un tempo così breve che forse lo aveva perso, ma no, emise un altro mugolio e si inarcò.

"Di più," chiese, ma io non avevo intenzione di cedere. Sarebbe successo ma secondo i miei tempi. Passai all'altro capezzolo. "Diavolo, ti dai una mossa," brontolò lui e io per tutta risposta allungai il braccio per accendere la luce e gli coprii la bocca con una mano.

"Vuoi che ti imbavagli?" chiesi e lui sgranò gli occhi. "Ti piacerebbe, eh? Potrò anche avere una gamba ingessata, ma sono sempre capace di tenerti giù. Poi non potresti più parlare, e se ti legassi non potresti neanche scappare, e potrei passare tutta la notte a tenerti in bilico con un dito dentro di te e la bocca sul tuo cazzo, e poi ti lascerei lì, legato al mio letto e mi masturberei sopra di te ma senza permetterti di venire…" Spostai la mano. "Shh," ordinai, aspettando finché non annuì. Ripresi a baciarlo, scendendo lungo il suo corpo, soffermandomi su ogni curva o avvallamento dei muscoli, assicurandomi di marchiare la sua pelle sensibile. Baciai i segni delle bruciature sul suo fianco e la cicatrice che aveva sul braccio, mentre muovevo la mano su e giù lungo la sua erezione, ma troppo lentamente perché potesse venire. Andai avanti così a lungo che sarebbero bastate un altro paio di carezze per portarlo all'orgasmo.

"Ti voglio dentro di me," mi supplicò.

Io sorrisi contro le sue labbra e cercai quello che ci serviva. "Davvero?"

"Ti prego, Leo. Ti prego."

Mi piaceva che mi supplicasse e non pretendesse, che in mezzo a tutto quello che stava succedendo fosse disposto a cedere a me il controllo e a perdersi nelle sensazioni senza lasciarsi sopraffare dalle preoccupazioni e dai sensi di colpa. Mi stesi sulla schiena e mi srotolai un preservativo sul sesso, guardando lui che si apriva da solo. Ripresi a giocare con il suo uccello, portandolo al punto in cui passava dallo spingere dentro il mio pugno ad affondare sulle nostre dita, e solo a quel punto, quando fui certo che fosse pronto, tenni ferma la mia erezione e lui se la fece scivolare dentro. Feci una pausa, poi spinsi, pausa e spinta, e sembrò passare un'eternità prima che arrivassi dove volevo arrivare, ma poi lui prese a oscillare sopra di me, pregandomi di scoparlo e io lo aiutai a muoversi e lui aiutò me a tenere ferma la gamba ingessata.

Facemmo l'amore a lungo e con calma, e l'unica cosa a cui riuscivo a pensare era che quell'uomo mi era entrato sottopelle e mi aveva fatto sognare un futuro tutto nostro.

Mi cavalcò lentamente, impedendomi di muovermi, mentre i gemiti di prima si trasformavano in respiro accelerato.

"Ci sono quasi," mormorai, circondandogli di nuovo il sesso con le dita. Quando venne, si piegò su se stesso e nascose il viso contro la mia spalla, e quando fu il mio turno, voltai la testa e affondai il naso nei suoi capelli.

Sì, ero innamorato, lo vedevo con ancora più chiarezza di prima.

Dovevo solo farlo capire anche a lui, e raccontargli di me e delle cose che avevo fatto e visto. Lui avrebbe

Capitolo 21

ascoltato e poi avrebbe potuto darsela a gambe, oppure avrebbe potuto provare a restare. Con il cuore che mi martellava nel petto, feci un respiro profondo e mi gettai.

"Sono stato adottato," mormorai, mentre lui mi premeva ancora il viso contro il collo. Adoravo sentirlo lì, accoccolato contro di me, e avrei voluto che non si allontanasse mai.

"Sì, lo so."

"Mia madre è morta poco prima che compissi cinque anni. E mio padre..." Era più difficile di quanto avessi creduto, ma Jason mi prese la mano e la strinse, come se sapesse quanto mi stavo sforzando. "...diciamo solo che era il mio genitore biologico ed è comparso dal nulla quando la mamma è morta." Mi fermai, perché quello che stavo per dire avrebbe spaventato chiunque. Dopotutto, chi sarebbe stato disposto a maneggiare della merce avariata?

"Come è morta tua madre?" Aveva parlato piano, così piano che forse non avevo neppure colto tutte le parole, ma sapevo che era il punto di partenza più logico.

"Overdose. Aveva ventitré anni. Vivevamo in una comunità accanto a un fiume, piena di gente alternativa. Una mattina non si è svegliata, tutto qui." Mi fermai di nuovo perché non c'era bisogno che conoscesse anche il resto, ma lui mi posò un bacio sul collo per rassicurarmi, e all'improvviso le parole uscirono da sole. "L'ho trovata io."

Jason gemette scioccato e mi strinse la mano. "Mi dispiace."

"Non c'è niente di cui essere dispiaciuti, è passato. Ma ricordo quando non sono riuscito a svegliarla e ricordo il giorno in cui *lui* si è presentato. Si chiamava Jeff, ed era un gigante, o perlomeno a me sembrava che lo fosse. Ero un bambino e lui un adulto, ed era forte."

Alzò la testa e io gli scoccai un'occhiata veloce. C'era comprensione nel suo sguardo e, all'improvviso, le emozioni che per tanti anni avevo tenuto nascoste uscirono dal loro antro oscuro.

"Non è necessario che tu vada avanti," sussurrò. "Ho capito."

"No, non hai capito. Voglio che tu sappia che c'è una ragione se ti ho schiacciato contro il muro quando ho creduto che avessi fatto del male a Daisy, e che c'è una ragione se non parlo del mio passato. Devo tirare fuori tutto, in modo che tu possa credermi quando dico che non permetterò a nessuno di ferire Daisy."

"Ma io ti credo," disse lui. Gli appoggiai una mano sulla nuca e lo tenni fermo: volevo che conoscesse il vero me.

"Sono rimasto con lui per un anno e mi ha fatto molto male, mentalmente e fisicamente. Ero un bambino e lui ha reso la mia vita un inferno."

"Cazzo," esclamò lui con una specie di lamento. Mi posò un bacio sulla guancia e rimase con il viso premuto contro il mio, abbracciandomi. "Cosa gli è successo?"

"È morto durante una rissa in un bar."

"Ben gli sta."

"Lo Stato e poi mamma e papà Byrne mi hanno salvato da altri come lui. Sono stato fortunato. Porterò sempre le cicatrici dentro di me, perché non posso dimenticare. Ne ho parlato con alcuni esperti, ho una famiglia che mi vuole bene e i migliori amici del mondo, ma sento l'acido che ancora mi corrode."

Jason mi lasciò la mano e si appoggiò sui gomiti, dandomi un bacio gentile.

"Allora sei l'uomo più coraggioso che conosca, perché combatti e vai avanti."

Capitolo Ventidue

Jason

Dopo la confessione di Leo impiegai un po' per addormentarmi – il pensiero di quello che gli era successo mi scavava a dentro – e solo quando il suo respiro si fece regolare cedetti anche io al sonno.

Fui svegliato da un ronzio insistente e mi resi conto che era il mio cellulare. Lo ignorai per due motivi. Primo: non riuscivo a raggiungerlo visto che ero mezzo sprofondato nelle coperte e in parte schiacciato dal peso di Leo; e secondo, non avevo comunque voglia di allontanarmi dal suo calore.

Leo.

Era arrivato il momento di ammettere l'ovvio. Per lui non si trattava di sesso. Dopo quello che mi aveva rivelato solo poche ore prima era chiaro che per lui quello che c'era tra noi rappresentava la speranza, una promessa e il per sempre. Mi sarebbe piaciuto potermi permettere il lusso di ricambiare i suoi sentimenti, ma dovevo pensare a Daisy, e a Rain.

"Che succede?" mugolò lui assonnato, e io gli affondai le dita tra i capelli. Se quella era la fine, se non avessi potuto avere altro, allora volevo conservare quanti più ricordi possibile: dalla sensazione dei suoi capelli, alla sua stupida gamba rotta, alla sua cioccolata calda.

"Niente," risposi e guardai la sveglia. Erano da poco passate le cinque. Perché diavolo Austin si ostinava a mandarmi dei messaggi a quell'ora del mattino? Liberai una mano e presi il cellulare, che però mi scivolò e cadde tra le pieghe della coperta, costringendomi a imprecare mentre lo cercavo. Poi trafficai qualche altro secondo per sbloccarlo e alla fine riuscii a leggere il messaggio di Austin.

Rain è sveglia. Chiamami.

Chiusi lentamente lo sportellino e serrai gli occhi.

"Che è successo?" mi chiese Leo, scostandosi da sopra di me e appoggiandosi sui gomiti con un'espressione cauta.

"Rain è sveglia," risposi con un tono piatto, anche se mi sentivo lo stomaco in subbuglio e il cuore mi batteva all'impazzata. Era una bella notizia: la mamma di Daisy era fuori pericolo, quindi perché da qualche parte dentro di me mi sentivo terrorizzato?

Non avevo il coraggio di guardare Leo con i suoi occhi gentili e il suo desiderio di vederci restare. Era tutto finito, non c'era più niente tra noi.

"Controllo Daisy e faccio una doccia," annunciai mentre scivolavo fuori dal letto e mi rivestivo.

"Jason, aspetta," mi chiamò lui quando aprii la porta, ma io scossi la testa.

"Non adesso," dissi e uscii.

Rimasi qualche momento fermo a guardare mia figlia, che dormiva chiusa a palla stretta al suo drago rosso. Le rimboccai le coperte e andai a fare la doccia. Nel giro di qualche minuto ero lavato, vestito e pronto per un caffè. Ma quando scesi non fui sorpreso di vedere che Leo mi aveva battuto sul tempo, e mi offrì una tazza non appena misi piede in cucina. C'era molto di cui avremmo dovuto parlare – paura, rabbia, e rassegnazione – ma non riuscivo a trovare le parole giuste, così rimasi in silenzio anche quando uscimmo a sedere sul patio per osservare il sorgere del sole. A un certo punto Cap cominciò a tirare il braccio di Leo avvisandoci che c'era qualcuno alla porta, e quando, qualche minuto dopo, lo sentii abbaiare, decisi di raggiungerli dentro per vedere cosa stesse succedendo. C'era Austin sulla soglia, che stringeva la mano di Leo mentre si presentavano.

L'irritazione mi fece scordare la tristezza. "Che ci fai qui?"

Austin mi porse la mano, ma io la ignorai. "Ti ho scritto di Rain," rispose.

"L'ho visto."

"E ti ho chiesto di chiamarmi." Sembrava paziente e per qualche ragione mi venne voglia di tirare un pugno su quel suo bel viso squadrato.

"Cazzo, Austin, mi serviva del tempo." Per svegliarmi, rendermi conto, pensare, programmare.

Lui alzò le mani. "Abbiamo tra le mani una

situazione delicata e la possibilità di risolvere questa storia una volta per tutte."

"Risolvere cosa, esattamente?" chiese Leo, incrociando le braccia sul petto. Mi andava bene che fosse lui a trattare con i Federali per il momento, così magari nel frattempo sarei riuscito a disperdere la confusione che mi paralizzava.

"Billy è in zona. È stato visto all'ospedale ma è riuscito a sfuggirci."

"È un maledetto drogato senza cervello," sbottai. "Come diavolo avete fatto a perderlo di vista?"

Austin sollevò il mento. "Ha una vasta esperienza su come evitare i poliziotti," disse, anche se a mio avviso sembrava una scusa bella e buona. "Abbiamo solo bisogno che tu e Daisy andiate a fare visita a Rain e…"

"No," lo interruppe Leo.

Un muscolo cominciò a pulsare sulla tempia di Austin. "Ascolta, è l'unico modo in cui possiamo essere sicuri che…"

"No," ripeté Leo affrontando Austin, la cui espressione si era fatta dura e determinata.

Mi misi fra loro. "Che state facendo?"

"Diglielo," disse Leo. "Digli che vuoi che lui e Daisy facciano da esca per attirare Billy in ospedale."

Austin si accigliò. "Non ce n'è bisogno, l'hai appena fatto tu."

Cominciarono entrambi a gridare e dovetti alzare la voce per farmi sentire. "Lo farò," tuonai.

Leo mi afferrò e mi tirò in disparte. "Ma…"

"Solo io. Daisy resterà con Leo." Parlavo con Austin, ma guardavo lui.

"È Daisy che sta cercando…"

"No!" Era il mio turno di tirare la linea. "Andrò a trovare Rain e lo renderemo evidente, e se Billy è nella vicinanze, lo staneremo, ma non metterò Daisy in pericolo."

"Jason, ti prego, pensaci bene," mi disse Leo, ma io ero stanco di nascondermi.

Raddrizzai la schiena e mi voltai verso Austin. "Facciamolo."

"Aspettalo alla macchina." Leo mi afferrò il braccio per impedirmi di andare via. Io glielo concessi perché avevo bisogno di una pausa e, dopo un attimo di stallo, Austin annuì e uscì.

"Che pensi di fare?" mi chiese Leo, ma io non avevo una risposta sensata per quella domanda.

"Promettimi che veglierai su Daisy. Non perderla di vista neanche per un istante."

"Ovvio, ma…"

"Non mi succederà niente."

"Non puoi saperlo. Ho già visto come situazioni simili possano sfuggire di mano nel giro di un attimo."

"Non lo permetterò," risposi sicuro di me.

"Come farai?" Sembrava volesse aggiungere qualcos'altro ma non trovasse le parole, e non era l'unico. Alla fine, mi afferrò le braccia. "Ti amo," annunciò serio. "E so che anche tu mi ami."

Mi liberai dalla sua stratta e per fortuna non dovetti mentirgli, perché Daisy entrò in cucina, ancora assonnata e trascinandosi dietro il suo drago. "Eri tu che urlavi, papà?"

La presi in braccio e la strinsi a me. Non c'era

bisogno che le dicessi che le volevo bene o che sarei tornato, e neppure che andavo a incontrare la sua mamma. "Devo uscire per qualche ora. Tornerò appena possibile."

"Bene," sbadigliò lei e si accoccolò contro il mio petto, ancora calda di sonno.

"Credo che Cap abbia fame," le dissi prima di passarla a Leo, che mi guardava scioccato. "Andrà tutto bene."

Uscii, ma sentivo ancora sulla lingua il sapore acido della bugia che ero stato sul punto di dire.

Non era vero che non avrei mai potuto amarlo. Non era vero, perché in realtà mi ero innamorato di lui fin dall'inizio.

L'ospedale era frenetico anche se erano solo le sei del mattino. Il piano era semplice: saremmo arrivati in con gran clamore e poi sarei stato accompagnato nella stanza di Rain. Dopodiché avremmo aspettato per vedere cosa sarebbe successo. Sì, era una merda, ma una cosa era certa: se avessi avuto l'occasione di incontrare Billy, questa volta non mi sarei fatto picchiare o soffocare. Non gli avrei permesso di avere la meglio. Galvanizzato dal desiderio di proteggere me stesso e la mia famiglia, varcai la soglia. Un'infermiera mi accompagnò da Rain, facendo correre continuamente lo sguardo da destra a sinistra, al punto che mi venne il sospetto che non fosse una vera infermiera, e alla fine raggiungemmo la stanza trecentoventicinque.

"Ti teniamo d'occhio," mi sussurrò la donna, quindi okay, non era una vera infermiera.

Era un grosso ospedale e c'era voluta un'ora per raggiungerlo, ma più aumentava la distanza tra me e Leo e meno ero sicuro che, se qualcosa fosse andato male, lui sarebbe stato capace di aiutarmi.

Dovevo affrontare quella situazione da solo, e quando misi piede dentro alla camera con il letto singolo e i macchinari, mi sentii ancora più isolato. Rain era magrissima e aveva un'aria così stanca e inerme da farmi dubitare che fosse la stessa persona piena di energia di quando ci eravamo conosciuti. La sua vitalità era stata prosciugata dalle droghe e dall'overdose, e forse anche da Billy. Per fortuna non era attaccata al respiratore, ma quando parlò la sua voce era così roca da farmi pensare che probabilmente glielo avevano staccato da poco.

"Jason?" sussurrò. "Dov'è Daisy?"

"L'ho lasciata a casa per ora," le spiegai mentre mi avvicinavo e le prendevo la mano.

"Dille che non è stata colpa mia, che non sono stata io. Vuoi?"

"Non sei stata tu a fare cosa?" Avevo bisogno che si spiegasse meglio, ma cominciò a tossire, così l'aiutai a bere finché il respiro non le tornò quasi normale.

"Non volevo lasciare Daisy, ho cercato di non lasciarla, ma lui era... Non sono stata forte abbastanza, neppure per amore di mia figlia."

Non sembrava che mi stesse chiedendo di portarle

nostra figlia, che volesse lasciare l'ospedale e portarla da qualche parte dove non le avrei più trovate. Singhiozzava piano, ed era triste.

"Va bene," la incoraggiai. Per quanto sapessi che la sua dipendenza era grave, avevo anche intravisto alcune tessere del puzzle che componevano la sua vita: padre prepotente, ribellione giovanile, droghe, gravidanza, fuga e infine Billy.

Sentii la porta aprirsi alle mie spalle e mi irrigidii, perché l'ultima cosa di cui avevo bisogno era l'intrusione dei Federali quando Rain stava ancora così male. Stava cercando di parlare e io volevo sentire cosa avesse da dire perché mi sentivo protettivo nei suoi confronti: era vulnerabile e poi... c'era Daisy. Mi voltai per vedere chi fosse il nuovo arrivato. Billy, che con una mano stringeva i capelli dell'infermiera che mi aveva accompagnato prima e con l'altra le puntava una pistola alla tempia. Stava entrando all'indietro, usando la donna come scudo umano e davanti a lui c'erano altri due agenti, uno dei quali era Austin, entrambi con le pistole spianate.

"Digli di stare indietro," urlò nella mia direzione e io incrociai lo sguardo di Austin. Era concentratissimo, ma c'era l'infermiera tra Billy e la pallottola. Nessuno sarebbe morto quel giorno, e non riuscii a non pensare che ci fosse un che di inevitabile in quello che stava succedendo.

"Ci penso io," dissi con tutta la sicurezza che riuscii a racimolare.

Austin scosse la testa, ma io riuscivo solo pensare che

sarei riuscito a convincere Billy a desistere. Non voleva uccidere me, o Rain, voleva solo i soldi.

"Ho detto che ci penso io," ripetei con più forza e Austin mi fece capire con un cenno minuscolo che il messaggio era stato recepito. Indietreggiarono di qualche passo, appena oltre la soglia e Billy con una mossa fulminea allontanò da sé l'infermiera e puntò la pistola alla mia tempia. Vidi Austin cambiare posizione per mirare meglio, ma Billy non era stupido, anzi, sembrava più concentrato che mai, e mi trasformò nel suo nuovo scudo umano. Il rischio di vittime collaterali era alto e Austin lo sapeva.

"Togliti dai piedi," sbraitò Billy rivolto all'infermiera, la quale camminò indietro fino alla porta, finché Austin non l'aiutò a uscire. "Chiudete la porta."

Annuii verso i due agenti. "Andrà tutto bene."

Billy rimase in silenzio per diversi secondi, passando dal tirarmi i capelli allo strattonarmi indietro, ma alla fine sembrò riconoscermi. "Jason," disse, e per un momento mi chiesi se avesse intenzione di abbassare la pistola, ma non lo fece; anzi, continuò a tirarmi i capelli per tenermi ferma la testa. Avevo il cervello invaso da centinaia di pensieri diversi, che alla fine si coagularono in uno solo: Daisy. Non avevo nessuna intenzione di morire.

"Billy," risposi con il suo stesso tono, sforzandomi di restare calmo. "Sai che fuori ci sono i poliziotti."

"Sì, e l'FBI. Sono un pesce grosso." Sembrava fiero di sé e a quel pensiero qualcosa scattò nella mia mente facendomi comprendere, in mezzo a tutta quella confusione, che Billy aveva intenzione di farsi uccidere.

Come avrebbe potuto pensare di farla franca, altrimenti?

"Puoi ancora fermarti."

Mi tirò indietro, allontanandomi da Rain e sbattendomi a terra, la pistola che tremava un po' di più nella sua mano, ma sempre puntata su di me. "Volevo solo i soldi," disse come a se stesso. "Devo un sacco di soldi a un sacco di gente e non sono un codardo, ma sono fottuto, e volevo solo la bambina per avere i soldi, ma lei si è messa in mezzo." Indicò Rain e io mi irrigidii. Se avessi reagito con forza sufficiente, avrei potuto mettermi tra lui e Rain e forse impedirgli di farle ancora più male.

"Parla con me," dissi.

"Vuoi sapere una cosa? Non ha voluto dirmi dove l'aveva messa. Ha detto che l'avevi tu, poi mi ha riso in faccia. Però ha combattuto come una tigre." Si tirò giù il colletto per mostrarmi tre segni profondi, i segni di un taglio o di qualcos'altro, graffi forse. "E anche quando l'ho costretta a ingoiare quelle tre pillole dicendole che doveva dirmi dove avesse messo la bambina, ha tenuto la bocca chiusa. E poi, quando ti ho trovato… la ragazzina non era neanche lì. È tutto finito… Finito." Scosse la testa.

Biascicava le parole più che parlare; e anche i discorsi erano incoerenti, come se stesse pronunciando le ultime parole di qualche cattivo da film, teatrale e drammatico.

"Posso procurati i soldi," mentii.

"Tu?" Sputò a terra. "Tu non hai niente. I suoi soldi sono finiti e l'ospedale è pieno di poliziotti. Credi che non li abbia visti? Cazzo, ho dovuto spingerne giù uno dalle scale per riuscire a raggiungere questo piano, e poi quella stronza travestita da infermiera… credono che sia stupido?" Tossì, ebbe un conato di vomito e si picchiò il petto. La pistola ricominciò a tremare e le parole presero a uscirgli sempre più caotiche e incomprensibili. Estrasse qualcosa dalla tasca della sua giacca: una lunga lama a forma di pugnale. Billy cercò di tenerla in equilibrio su un dito, ma oscillava troppo e minacciava di cadere, il che sembrò confonderlo ancora di più. Muovendomi con cautela mi sollevai sul letto, ma anche se continuava a puntarmi addosso la sua arma, era un pericolo solo per se stesso. Alla fine, il pugnale cadde a terra.

"Possiamo aiutarti," dissi mettendomi tra lui e Rain, perché era importante per me proteggere la mamma di Daisy.

"Nessuno può più aiutarmi. Volevo solo i soldi. Suo padre ha…" Tossì di nuovo, le labbra lucide di sangue.

"Billy…"

"Sono fottuto," mi interruppe e indietreggiò fino al muro. Rimase lì per un tempo che mi parve infinito, la pistola puntata su di me e il respiro affannato.

L'FBI stava cercando un modo per entrare? Oppure pensavano che fossimo già morti?

Avrebbero sentito se avesse sparato, ma aveva anche un coltello.

"Questa roba è buona," disse. "Sembra di essere nel paese dello zucchero filato."

Sorrise e abbassò lo sguardo assente sulla pistola, muovendola di fronte a sé.

"Che roba?" chiesi, sperando con tutto me stesso che non facesse fuoco per sbaglio.

"Roba buona, così non mi prenderanno."

Prima che potessi rispondere si udì uno scoppio e poi un rumore di vetri infranti.

Non avevo idea di cosa fosse stato, ma vidi la pistola scivolare dalla mano di Billy e un minuscolo filo di sangue uscirgli da un foro netto sulla fronte. Era morto prima di toccare terra, una striscia rossa sul muro l'unica traccia che si era lasciato dietro.

Alle mie spalle, Rain cominciò a urlare.

"Ha atterrato uno stramaledetto agente!" sentii urlare Leo per la quinta volta, anche se sembrava che nessuno gli prestasse attenzione. Io e Rain ci tenevamo per mano in silenzio mentre tutto intorno c'era il caos più completo. Un'infermiera le stava controllando i parametri, ma non la stessa infermiera finta che era stata usata come scudo umano e che ora era sotto osservazione a sua volta; questa si chiamava Zoe e mi diede più di una pacca rassicurante sul braccio. Come prima cosa avevano rimosso il cadavere di Billy, poi ci avevano informato che era stato ucciso da un cecchino appostato sul palazzo di fronte. A quanto pareva la vicenda aveva attirato l'attenzione dei notiziari, anche perché non eravamo rimasti in quella stanza per dieci minuti, come era sembrato a me, bensì quaranta. La camera era stata immediatamente invasa da varie persone, tutte armate, e dopo un po', ma comunque troppo presto perché avesse avuto il tempo di raggiungermi da casa, era arrivato anche Leo. Era entrato, aveva guardato me, il sangue sulla parete, si era voltato e aveva cominciato a urlare contro tutti quelli che gli capitavano a tiro.

C'era Sean con lui e fu quest'ultimo che mi si avvicinò e mi abbracciò.

"Daisy è con Ash. Io ho accompagnato Leo," spiegò in poche parole. Probabilmente era abituato a riassumere le situazioni in frasi brevi e chiare.

"Voglio vedere Daisy," disse Rain e poi ricominciò a tossire finché non le diedi dell'acqua. "Vorrà incontrare la sua mamma."

"Va bene," risposi, anche se dentro sentivo il cuore andarmi in pezzi. Rain aveva cercato di salvarla, non era andata in overdose di proposito, però restava il fatto che si drogava e, anche ammesso che fossi riuscito ad accettarlo, come facevo a immaginare una vita senza mia figlia?

"Voglio portarla al sicuro," urlò di nuovo Rain, strappandosi la flebo. Sean la fermò, la tenne ferma e la calmò.

"Non ti permetterò di prenderla," dissi con decisione.

"È mia figlia e voglio che sia al sicuro."

Le parole mi uscirono di bocca prima ancora che me ne rendessi conto. "È anche figlia mia. Dove vai tu, vado io e ce ne occuperemo insieme, oppure farò di tutto perché venga affidata a me."

Rain cominciò a singhiozzare, poi all'improvviso si fermò, come se riuscisse a pensare con più chiarezza. "Non sarà necessario. Non posso… possiamo… parlare…"

"Dopo. Ora devi dormire," la incoraggiò Sean.

Rain chiuse gli occhi, lasciandomi ad ammirare i superpoteri di Doc-Sean.

Leo mi afferrò non appena misi piede fuori dalla camera, mi tirò verso l'uscita di emergenza, aprì la porta e me la fece attraversare. Poi mi fu immediatamente addosso, incurante di chi potesse vederci.

"Ho detto che ti amo," mi aggredì, "E tu non hai risposto."

Era il mio turno di calmarlo. Gli presi il viso tra le mani e lo baciai.

"Ti amo," risposi, perché non c'era altro da dire. I ma, i forse e la paura del futuro appartenevano a un altro tempo. In quel momento avevo bisogno di Daisy e, quant'era vero Iddio, avevo bisogno di amare quell'uomo.

Perché erano tutto il mio mondo.

Epilogo

Jason

1 anno e pochi giorni dopo

"...happy birthday cara Daisy, happy birthday to you."

Nessuno dei presenti si esentò dal cantare in onore della festeggiata, che aveva un nuovo abito Disney e una tiara per gentile dono dello zio Ash. Mamma Byrne era riuscita a organizzare quella festa a tempo di record dopo che il salone che avevamo affittato si era allagato. Eravamo nel giardino di casa nostra, con le decorazioni di Natale che pendevano da ogni ramo e arbusto. La canzone di buon compleanno sfumò negli inni di Natale e io mi staccai un po' dalla confusione per cercare un angolino tranquillo dove poter riflettere su quanto meravigliosa fosse la mia vita al momento. Decisi di andare nel mio nuovo capanno. Lo avevano costruito Leo, Sean ed Eric in un angolo del giardino; era insonorizzato, dotato di aria condizionata e macchina del caffè, e ospitava la batteria nuova di zecca che Leo mi aveva regalato per il compleanno

Ci andavo quando mi sentivo agitato, per perdermi nelle percussioni e godere di una passione che non si era mai spenta. Avevo anche ripreso a suonare insieme a una band; si trattava di un gruppo della zona che si esibiva principalmente nelle palestre delle scuole, ma il fuoco era tornato a scorrermi nelle vene. Leo diceva che non c'era niente di più sexy dei bicipiti di un batterista, quindi era una situazione da cui entrambi traevamo giovamento. Ci eravamo impegnati molto per costruirci una vita stabile, e il futuro si prospettava più che buono. Daisy viveva principalmente con me e Leo, e Cap, che si era adeguato ottimamente alla nuova situazione, e lo dimostrava il fatto che dormisse ogni notte nella sua stanza. Oppure amava molto il rosa, che era il colore predominante della camera. L'altro elemento degno di nota era l'enorme casa dei ricci, e i suoi milioni di abitanti che erano l'inferno sotto ai piedi quando ti capitava di pestarli di notte.

Melanie, la bimba adottata da Asher e Sean, era stata accolta nella famiglia, e siccome anche a lei sembrava piacere molto il rosa – e i ricci – lei a Daisy erano subito diventate amiche e qualche volta si fermava a dormire da noi.

Rain aveva completato un lungo ciclo di disintossicazione e si stava avviando lungo la strada della guarigione, impegnandosi a fondo per far parte della vita di Daisy e cercando anche di ricostruire il rapporto con me. Suo padre era in prigione e non aveva mai chiesto di incontrare né lei né la nipote, ma non era una gran perdita: un giorno si sarebbe reso conto di cosa avesse perso, peccato che sarebbe stato troppo tardi per vedere quanto Daisy fosse meravigliosa. Di Billy non si parlava più, grazie anche alle sedute di terapia. Rain aveva conosciuto un imbianchino che lavorava per Jax e il mese prima si erano fidanzati. Era probabile che in un prossimo futuro avrei dovuto rinunciare a un po' del tempo che passavo con Daisy, ma andava bene: avrei fatto di tutto per la mia piccolina.

A proposito di Jax, avrebbe dovuto essere presente, ma era sparito di nuovo alla ricerca di Zachary, anche se questa volta il viaggio a Calgary avrebbe potuto aver un esito positivo. Quel che era certo era che aveva trascorso tantissimo tempo piegato sopra pile e pile di fogli nella nostra cucina insieme a suo fratello, quindi magari c'era speranza.

E io e Leo, vi starete chiedendo? Dopo quel giorno in ospedale con Billy, avevo finalmente accettato che avevamo un futuro insieme. Era stato lui a incoraggiarmi a riprendere gli studi e alla fine, dopo aver lavorato alcuni mesi in un magazzino, avevo ceduto. Avevo pensato di iscrivermi a chiropratica, astronomia e storia, ma alla fine avevo scelto matematica e informatica. Non sempre era facile, ma a quanto pareva nei miei giorni da hacker qualcosa avevo imparato, e sembrava anche che possedessi una certa predisposizione per i numeri. Avevo cominciato da un semestre e stava andando tutto bene. Avevo ottenuto una specie di borsa di studio dall'università e lavoravo part-time nella caffetteria vicino a casa. Daisy frequentava una scuola materna nel quartiere e tra me e Leo riuscivamo sempre a portarla e andarla a prendere.

A pensarci bene, stavo vivendo proprio quel tipo di vita che non avrei mai pensato di poter avere.

Lillian di tanto in tanto veniva ancora a farci visita, ma Daisy ricordava pochissimo di Billy o di quando ero stato ferito, preferendo altri ricordi, come il giorno in cui Cap aveva scavalcato lo steccato sul retro, oppure quello in cui aveva mangiato una delle mie scarpe. La cosa più impressionante, però, era che Leo aveva cominciato a parlare con l'amia di Sean, e piano piano si stava liberando del peso dei ricordi della sua vita prima che venisse adottato. Con il giusto supporto stava cominciando ad affrontare tutti suoi vecchi fantasmi, e parlavamo per ore intere di ciò che ricordava.

Era quella la cosa che ci riusciva meglio come famiglia: parlavamo di tutto, tranne che delle cose che vedeva al lavoro.

Lui, Eric e Sean cercavano ancora di incontrarsi tutte le settimane e sedere insieme in silenzio in fondo al giardino. Ma poi la serata finiva sempre con noi due che ci bevevamo una cioccolata calda e stavamo un po' da soli.

Qualche volta mi raccontava la sua giornata, altre no.

Ma ciò non cambiava i sentimenti che nutrivo nei suoi confronti, né le speranze per la nostra vita insieme.

"Dolce?" chiese Leo, passandomi un piatto di carta con una fetta della torta al limone che avevo fatto con le mie mani. Quella era un'altra delle cose che, avevo scoperto, mi piaceva fare e mi sentivo a mio agio quando indossavo un grembiule ed ero coperto di farina. Leo, da parte sua, diceva che ero tremendamente sexy e non riusciva a tenere le mani a posto. Doppia vittoria, no?

"Non posso credere che abbia già cinque anni," dissi, infilzando un pezzo di dolce coperto con la crema al burro e infilandomelo in bocca.

Leo era più avanti di me e aveva quasi finito la sua fetta, lasciandosi sfuggire, tra l'altro, dei gemiti che sfioravano il pornografico mentre masticava.

"Neanche io," rispose, pulendosi la bocca con un tovagliolino.

"E presto comincerà la scuola."

"Già."

"E tra due giorni è Natale e noi non abbiamo ancora finito di impacchettare i suoi regali." Indicai le lucine appese ai rami del giardino e quelle che filtravano dall'albero di Natale in salotto. Erano stati Leo e Daisy ad addobbarlo, ed era già pronto per il Ringraziamento, con grande gioia di mamma Byrne. Era stato in quell'occasione che lo aveva chiamato per la prima volta papà. Lui non le aveva mai chiesto di farlo, ma lei gli aveva spiegato in poche parole che lo considerava tale e la questione era stata chiusa. Leo non aveva ribattuto, ma si era commosso ed entrambi avevamo versato qualche lacrima quando la sera ci eravamo ritrovati da soli nel nostro letto.

"Ce la faremo," disse lui. "Domani non lavoro e ho comprato la carta da regali che mancava."

"Perché ci serve altra carta? Credevo che avessimo deciso che non avremmo incartato ogni nuovo riccio separatamente." Mi lanciò quello sguardo che diceva che avremmo fatto esattamente quello.

Mangiai un altro po' di torta, guardando Daisy e Melanie che correvano insieme a Cap, tra urla e risate.

"Jason?"

"Hmm?" Mi voltai verso di lui, ma Leo non era non dove mi aspettavo che fosse. Ci misi un attimo ad accorgermi che era inginocchiato al mio fianco, e un altro ancora per notare che aveva in mano una piccola scatola di velluto rosso che conteneva due anelli.

"Vuoi sposarmi?" chiese. Così, senza tanti giri di parole, con semplicità, ma con gli occhi pieni di amore.

"La risposta è facile," dissi, accovacciandomi al suo fianco e posando il piattino sull'erba.

"Lo è?" chiese e mi accarezzò la guancia.

E in quel giardino davanti ai nostri amici e alla nostra famiglia, con Cap che depositava un frisbee ai nostri piedi e mangiava la torta che avevo lasciato, dissi l'unica parola che aveva un senso.

"Sì."

FINE

Qual è il prossimo volume della serie Papà single?

Always, libro 4 (Primavera 2021)

La vita può cambiare in un istante e trovare l'amore può sembrare impossibile, ma poi Adam incontra Cameron e improvvisamente scocca la scintilla.

Dopo aver messo la sua vita in pericolo per seguire l'istinto e salvare un bambino intrappolato tra le lamiere di un'auto accartocciata, Adam riposta una serie di ferite che pongono fine alla sua carriera nei Vigili del fuoco. Impossibilitato a svolgere il lavoro che ama, fatica ad accettare la sua nuova vita, arrivando al punto di chiedersi perché dovrebbe impegnarsi per un futuro che non sarà più come lo aveva sognato. Sostenuto da un gruppo di amici che non gli permettono di arrendersi e da una famiglia che non lo abbandona mai, Adam si rimette in gioco cercando nuovi modi per aiutare il prossimo, e decide di lavorare con i bambini che hanno perso la famiglia in circostanze tragiche, trovando anche una nuova forma di appagamento.

Qual è il prossimo volume della serie Papà single?

Quando i Federali arrestano suo marito, Cameron passa improvvisamente dall'essere parte di una coppia affiata al dover crescere suo figlio da solo. Con il cuore a pezzi e senza più un soldo, accetta un posto di lavoro come giardiniere in una comunità residenziale di fronte al mare. Deve, sì, dire addio alle scuole private, agli autisti e alle cameriere, ma almeno vive in un posto sicuro e lui e Finn hanno un tetto sulla testa. Ma l'insicurezza è dietro l'angolo e Cameron comincia a chiedersi cosa potrebbe succedere se non riuscisse ad abituarsi alla sua nuova normalità e, peggio, se suo figlio cominciasse a odiarlo.

Newsletter

Per restare aggiornati sulle ultime uscite, le notizie e le informazioni sui libri gratuiti o le offerte spedisco una newsletter mensile.

Potete scegliere a quale gruppo iscrivervi ed entrare nel mio mondo

Newsletter - rjscott.co.uk/IT-NL

Pubblicati in italiano

Serie Papà single

1. Single (ed. italiana)
2. Today (ed. italiana)
3. Promise (ed. italiana)
4. Always (ed. italiana) - 2021
5. Listen (ed. italiana) - 2021
6. Today (ed. italiana) - 2021

Serie Texas

1. Il cuore del Texas
2. L'inverno del Texas
3. La Vampa del Texas
4. La Famiglia Del Texas
5. Il Natale del Texas
6. L'autunno del Texas
7. Il matrimonio del Texas
8. Texas Gift (ed. it) - 2020
9. Home for Christmas (ed. it) - 2020

Serie Santuario (Azione e avventura)

1. Proteggere Morgan
2. L'unico giorno facile
3. Il momento della verità
4. L'apparenza Inganna
5. Il cerchio si chiude
6. Il diario dei segreti
7. L'ora decisiva

Serie Harrisburg Railers

1. Cambio di linea
2. Prima stagione
3. Profonde differenze
4. Attacco controllato
5. Last Defense (ed. it) - 2020
6. Goal Line (ed. it) - 2020

Serie Ellery Mountain

Cittadine / Pronto intervento

1. Il pompiere e il poliziotto

Natale

- Il miracolo di Natale

- Natale a New York
- Un fidanzato per Natale
- Un principe a Natale

Autoconclusivi

- Boy Banned (ed. italiana)
- Per i pomeriggi di pioggia

Dragons Hockey (MF)

1. Il codice
2. Il Cuore

L'autrice

RJ ha pubblicato più di cento romanzi nella sua carriera. La scoperta del romance quando era ancora molto giovane le fece capire che se anche un libro non conteneva una storia d'amore, nulla le impediva di crearsela da sola nella sua testa, e fu così che cominciò la sua carriera di scrittrice.

Vive e lavora nella sua casa nella splendida campagna inglese e trascorre il tempo libero a leggere, guardare film e divertirsi insieme alla sua famiglia.

L'ultima volta che si è presa una settimana di riposo dalla scrittura non ha apprezzato e deve ancora incontrare una bottiglia di vino che non sia stata capace di sconfiggere.

www.rjscott.co.uk | rj@rjscott.co.uk

Newsletter - rjscott.co.uk/IT-NL

Printed by Amazon Italia Logistica S.r.l.
Torrazza Piemonte (TO), Italy